나이 드는 것도
생각보다 꽤 괜찮습니다

나이 드는 것도
생각보다 꽤 괜찮습니다

신혜연
지음

샘터

그대는 나날이 나아가십시오.

나 또한 나날이 나아가겠습니다.

– 연암 박지원

어떤 분이 사진전을 열었다는 소식을 들었습니다. 당대의 유명한 문화인들을 촬영한 사진들을 실제 크기로 인화해서 예술의 전당 전시장을 꽉 채워 화제가 된 전시였습니다. 잡지사에서 일하던 때라 사진 찍힌 분들 중에는 아는 분도 있어서 반가웠고, 찍힌 분이나 찍은 분이나 대단하다 생각하고 넘어갔습니다.

그 후, 우연히 그 사진가의 인터뷰 기사를 보게 되었는데 앞으로 20년쯤 후에 다시 한 번 이런 전시를 하겠다는 글을 보는 순간 느닷없이, 갑자기, 불현듯, 삶의 목표가 생겼습니다. '다음 전시에는 나도 모델로 등장하고 싶다. 그러려면 먼저 '유명한 문화인'이 되어야 하는구나. 20년 동안 열심히 살면 뭔가가 되어 있지 않을까?'

그게 1993년입니다. 나이 서른에 느닷없이 삶의 목표가 생긴 거죠. 결혼도 했고, 딸도 하나 있는 새댁에게 삶의 목표가 생겼습니다. 갑자기 나대기 시작하는 심장을 가라앉히고, 종이 한 장을 꺼내 들었습니다. 다음 전시는 20년 후라 했으니 저에겐 약 20년의 시간이 있었습니다. 20년 후에 '유명한 문화인'이 될 방법을 생각해 보았습니다.

악기를 다루거나 그림을 그리는 예술가가 되는 건 넘어야 할 산이 너무 많아서 안 되겠고, 소설가가 되는 건 고개를 들어 사무실 한 바퀴만 둘러봐도 경쟁자가 한 트럭이라 안 되겠고. 갑작스레 삶의 목표는 세웠지만 그것을 이루기 위한 방법은 어떻게 그림을 그려도 현실성이 없었고, 기분만 더 우울해져서 몇 시간 끄적거리다가 종이를 집어 던졌습니다.

종이는 집어 던졌지만 '2013년에는 뭔가가 되어 있어야 한다, 되어 있고 싶다'는 강박관념 같은 게 마음 한

구석에 이미 자리를 잡았고, 그 강박은 시간이 갈수록 '유명한 문화인'까지는 아니더라도 뭐가 되든 될 테니 우선 열심히 살아보기나 하자는 걸로 슬그머니 타협했습니다.

살다가 지쳐서 주저앉았다가도 2013년에는 뭔가가 되어 있어야 해서 피곤한 몸을 일으켰습니다. 나의 오늘이 아주 만족스러워서 이 정도면 되었다 싶어도 2013년에 뭔가가 되기에는 부족해서 다시 신발 끈을 묶었습니다. 2013년에 가까워올수록 '뭔가'의 형체가 여전히 오리무중이라는 게 발목을 잡았지만 그래도 발을 떼고 걸었습니다. 그렇게 쉰 살을 기다렸습니다.

드디어 2013년이 되었습니다. 그 사진가는 판소리 한 대목을 듣고 인생의 방향을 확 틀어 상업 사진가에서 국악 전문 레이블 제작사의 대표가 되었고, 약속했던 그해에 국악인들의 사진을 근사하게 찍어 전시회를 열었습니다. 저에겐 참 다행이었습니다. 또다시 '유명한 문화인' 사진전이 열렸다면 20년을 노력했는데도 거기에 들어가지 못한 제 자신을 무지 원망했을지도 모르니까요.

하지만…… 덕분입니다. 20년이 흘러 혈기왕성하던 새댁은 뭐가 될지도 모르면서 '50세'란 고지를 향해 앞만 보고 쉼 없이 달렸던 덕택에 잡지 에디터로서 좋은 콘텐츠를 꾸준히 세상에 뿌리며 살 수 있었고, 흰 머리 몇 가닥과 엷은 주름을 훈장처럼 얻었습니다. 그 목표가 없었다면 한 해 두 해 나이 먹는 게 억울했을 것이고, 조금만 힘이 들어도 주저앉아 포기했을 테니까요.

'유명한 문화인'이 될 필요가 없어지면서 잠시 목표를 잃고 허망했으나 그쯤 되니 그게 중요하지 않더군요. 앞으로만 내달리느라 동력을 소진해서 몸은 여기저기 안 아픈 데가 없었고, 전처럼 머리가 휙휙 돌아가지 않아서 똑같은 일을 해도 효율이 확 떨어졌습니다. 그나마 다행인 건 근육이 줄어들고, 효율이 떨어지는 것과 같은 비례로 마음속 욕심과 질투도 함께 줄어들었다는 겁니다.

살면서 갑옷처럼 나를 감싸주었던 허세와 자만의 거품이 슬슬 사라지기 시작했습니다. 빨리 쉰 살이 되어서 사진을 찍히고 싶어 안달을 하던 성급함도 봄날의 눈사람처럼 스르르 녹아버렸습니다. 수영이든 골프든 몸에서 힘만 빼면 그다음은 쉽죠. 쉰 살은 드디어 천명을 알고知天命, 몸에서 절로 힘이 빠지는 나이인가 봅니다.

이 책은 제 인생의 목표였던 쉰 살이 되고부터 지금까지 변해온 저의 마음가짐과 일상에 대한 기록입니다. 살아온 날의 숫자를 내세우며 심오한 인생의 철학이나 지혜로운 문구를 늘어놓기에 저는 아직 젊습니다. 결승선에 다다르기 전에 미리 속도를 줄일 수 있게, 사전 정보 없이 덜컥 쉰 살이 되어 당황하지 않게 '딱 요만큼 살아보니 이렇더라'는 이야기를 하고 싶었습니다.

하루가 다르게 빠져가는 머리카락을 보며 우울하지 않게, 나만 홀로 남겨진 듯해서 외롭지 않게 '이렇게 하면 좀 더 쉽고 즐겁더라'는 이야기를 하고 싶었습니다. 온전히 제 경험만 내미는 것이니 괜찮아 보이는 것 한두 개만 동의하셔도 저는 좋겠습니다.

나이 드는 것이 생각보다 즐겁고 행복한 거라고 얘기하자며 두 손 잡아끌어 세 번째 책을 내게 해준 이동은 주간님과 예쁘게 책을 만들어준 영민 님께 감사드립니다. 학창시절에 늘 책가방에 넣고 다니며 꺼내 읽던 월간 〈샘터〉, 조용히 세상을 바꾸는 수필의 힘을 알려준 그 회사 책꽂이에 감히 제 책이 꽂힌다는 건 아무리 생각해도 꿈만 같습니다.

일찍 잠이 깬 새벽, 전기주전자에 물을 올리고 창밖을 내다보고 있으면 포근한 기운으로 어깨가 따뜻해질 때가 있습니다. 하늘나라에 계신 부모님이 이 모든 걸 지켜보고 계시다는 게 느껴지는 순간입니다. 사랑하는 가족과 친구들이 있어서, 언제나 따뜻한 눈길로 응원해주시는 지인들이 계셔서 이 책의 모든 에피소드가 만들어졌습니다.

나이 들었다고 움츠러들지 않을 작정입니다. 내일은 오늘보다 더 씩씩하게, 더 우아하게 살기 위해 느긋한 걸음으로 또 나아가겠습니다.

차례

(유행을 버리고 취향대로 산다))

건강한 일상의
루틴 만들기

맑은 녹차, 밍밍한 평양냉면,
구수한 청국장. 그런 맛이 좋아진다.
어른의 입맛이 되었다.

⌒

아침의 루틴,
한 잔의 차

⌣

모닝커피로 아침을 깨우고, 오후에는

녹차 한 잔으로 마음을 쉬게 하고, 저녁

의 허브티로 하루를 정리한다.

중국 속담에 '차를 하루 못 마시는 것보다 사흘 굶는 게 낫다'는 말이 있다. 사흘까지는 아니지만 나야말로 밥은 굶어도 아침에 커피를 마시지 않으면 하루가 힘들다. 고등학교 때 자판기 커피에 맛을 들인 이후 지금까지 변함없이 커피를 사랑하고, 자주 마신다.

커피보다 프림과 설탕이 더 많이 들어간 자판기 커피를 시작으로, 사무실에서는 물론이고 설악산 꼭대기에서도 '하!' 소리 나오게 향기롭고 입에 짝 붙는 황금비율의 믹스 커피를 끊임없이 마셨다.

2000년 이후, 커피가 다양해질수록 나의 커피 모험은 더 치열해졌다. 이름에 홀려서 멋으로 마시다가 이젠 인이 박인 스타벅스 아메리카노, 이탈리아 사람들은 이것만 마신다기에 입에 쓰지만 꾹 참고 마시는 에스프레소, 바리스타마다 제각각 다른 맛을 내는 게 신기하고 부드러움에 반해서 마시는 핸드드립 커피, 선물 받은 캡슐 떨어지면 창고에 넣어버리는 편리한 캡슐커피, 에스프레소의 품질에 의심이 가는 카페에 들어섰을 때 그나마 안전하게 마실 수 있는 카페라테, 끼니를 못 챙겼을 때 영양보충하겠다고 마시는 견과류 라테까지 수많은 종류의 커피를 마셨다.

최근에는 중동지방 사람들이 모래 위에서 끓여 마신다는 터키식 샌드커피, 과학 실험실에 앉아 있는 듯한 느낌을 주는 사이폰커피, 하다 하다 맥주 닮은 커피까지 먹는구나 하면서도 한번 먹어보면 부드러우면서 고급스런 풍미가 자꾸 생각나는 나이트로 콜드브루커피 등 별의별 커피를 다 마셔본 듯하다. 그렇게 커피가 좋았다.

아침에 사무실에 도착하자마자 커피 한 잔, 점심 식사 후에 한 잔, 세 시쯤 미팅하면서 한 잔, 외부에 나가면 그곳에서 한 잔, 저녁 식사 후 한 잔, 마감할 때는 밤에 두 잔쯤 더. 하루에 대여섯 잔씩은 마시며 수십 년을 살았다. 어쩌다 아침에 커피를 못 마시고 미팅을 시작하면 집중이 안 되었고 어떻게든 커피 잔을 손에 들어야 일을 할 수 있었다. 커피 없는 일상은 상상도 못했다.

그렇게 오매불망 커피만 찾던 내가 오십 대에 들어서 불면증이 시작되면서 커피 마시기가 두려워졌다. 디카페인 커피도 마셔봤지만 별 효과가 없어서 바로 포기했다. 우선 저녁 식사 후 커피를 캐모마일 차로 바꿨고, 오후에도 커피보다는 차를 마셨다.

아침에 눈을 뜨면 예전 습관대로 구수한 커피향이 그립지만 커피에도 인생 총량의 법칙이 있을 거라 생각하며 맹물을 한 컵 들이켜고 식사 후에 공을 들여 커피를 한 잔 내려 마신다. 이제는 하루에 한 잔만 마시니 가장 맛있는 커피를 마시고 싶어서 유명하다는 카페의 원두를 고루 사다 모아놓고 천천히 핸드드립으로 내려 마신다. 그래야 하루가 근사하게 시작된다.

마음에 맑은 바람이 이는
찻시간

오후에는 주로 카페인이 적은 차를 마신다. 녹차에도 카페인이 있어 숙면을 방해한다는 말도 있지만 카페인의 종류가 달라서 그런지 내 경우에는 녹차를 마시고 불면으로 고생한 적은 없어서 오후에 시간 여유가 있으면 찻상을 차린다. 차판에 차통, 찻주전자, 숙우, 퇴숙우, 찻잔, 찻수건, 찻수저, 거름망을 올려놓은 후 물을 끓인다. 차는 차 도구를 챙기는 순간부터 찻시간이 시작된다.

몇 년 전에 〈효리네 민박〉을 즐겨 보았다. 보면서 이 부부가 세상에 선한 영향력을 끼친다고 생각한 순간이 많았지만 결정적인 건 아침의 찻시간이었다. 주인장이 탁자 가운데 앉아 익숙한 손놀림으로 차를 우려내고, 차를 나누는 모습은 이 프로그램이 허구가 아니라 실제 일상임을 확인시켜주는 증거였다. 그의 손끝에서 익숙함이 우러났다. 차 한 잔을 같이 나누면서 주인의 의도대로 집 전체가 깨어나는 느낌이었다.

커피를 끓이는 것과 차를 끓이는 것의 목적은 똑같이 음료를 마시기 위한 것인데, 커피는 과정보다 결과에 집중하고, 차는 과정에 더 집중한다. 그래서 다도茶道라 하나 보다. 아일랜드 속담에 '삶은 한 잔의 차와 같다. 어떻게 우리느냐에 따라 맛이 다르다'는 말이 있을 정도로 동서양의 차가 공히 찻잎을 우리는 과정에 공을 들인다.

자리를 잡고 앉아 팔팔 끓는 물로 찻주전자와 찻잔을 데우고, 물을 따라낸 뒤 찻수건으로 물기를 닦아낸다. 먼저 숙우에 뜨거운 물을 부어 살짝 식는 동안에 차통에서 차를 덜어 찻주전자에 담은 뒤 주전자에 물을 부어 차를 우린다. 차가 어느 정도 우러나면 찻잔에 따라 마신다.

'첫 잔은 입술과 목젖을 적시고, 둘째 잔은 근심을 씻어주네. 셋째 잔은 삭막한 마음을 더듬어 책 오천 권의 문장을 떠오르게 하고, 넷째 잔을 마시니 살짝 땀이 나는 듯하며 불편스러운 일들 모두 땀구멍으로 사라지네. 다섯째 잔은 뱃속까지 맑게 하고, 여섯째 잔을 마시니 신선과 통하네. 일곱째 잔은 아직 마시지 않았는데도 겨

드랑이 사이로 맑은 바람이 이는 것을 알겠네.' 당나라 시인 노동盧소의 〈칠완다시七碗茶詩〉를 기억하며, 일곱 잔쯤 마시면 찻시간을 마무리할 시간이다.

차를 마시면 우선 따뜻하고 향기로운 차가 몸속으로 들어가면서 몸이 깨어나고 정화하는 느낌이 좋지만, 또 하나! 다구를 데우고, 물을 따르고 마시는 과정을 일정한 속도로 여러 번 반복하다 보면 오늘도 별일 없이 이렇게 차를 마실 수 있음에 감사하게 된다.

저녁 식사 후에 TV를 보거나 책을 보면서 캐모마일 차나 보리차를 마신다. 유럽에서는 감기 예방으로도 애용한다는 캐모마일은 자극이 없고, 연한 꽃향기가 돌아서 좋다. 저녁에 마시는 따뜻한 차 한 잔은 몸의 피로를 풀어주고, 하루를 정리하는 여유를 가져다준다. 늦은 밤, 차 한 잔 앞에 두고 두런두런 나누는 이야기는 머릿속을 부드럽게 녹여준다. 그렇게 나의 하루는 차와 함께 시작되고 마무리된다.

가볍게,
간단하게 먹는다

살기 위해 먹었던 날들이 아직 기억에
어렴풋이 남아 있는데, 먹기 위해 사는
듯한 날들이 많아졌다. 이제는 한 그릇
음식으로 간단하게 먹으려 한다.

일본 오키나와 현沖縄県의 오기미 마을大宜味村 이야기를 들었다. 세계보건기구WHO에서 인정한 세계 최고의 장수촌으로 주민 중에 90세 이상 노년층이 많은데 다들 그 나이에도 건강하게 일하고 있는 곳이다. 건강한 장수의 비결을 물었더니, 첫째, 몸을 움직이며 일과 활동을 하는 습관, 둘째 콩과 해산물을 비롯해 육류와 채소를 골고루 먹되 위를 80퍼센트만 채우는 것(하라 하치부, 腹八分), 셋째, 끈끈한 커뮤니티를 유지해 외롭지 않게 지내는 것이라 했다고.

두 번째 항목이 귀에 꽂혔다. '하라 하치부', 배가 부르기 전에 젓가락을 내려놓는다는 뜻으로 많이 들었던 말이었다. 점심 식사를 너무 배부르게 하면 오후에 일할 때 굼뜰 수 있으니 적당하게 먹으라는 의미로 많이 쓴다고 한다.

일본 사람들은 개인 밥그릇 크기도 우리보다 작고, 밥과 반찬 통틀어도 먹는 양이 적어 보인다. 그런데 거기서 또 80퍼센트만 먹자는 것이다. 너무 적게 먹는 거 아닐까? 일본에 가서 배부르게 먹은 기억은 거의 없다. 대부분 밥그릇도 작고, 반찬도 조금씩 나오기 때문에 내 양에 딱 맞게 식사를 하게 된다.

우리가 많이 먹긴 한다. '먹고 죽자', '상다리가 부러지게 차려라' 이런 말이 나쁜 뜻이 아닌 건 안다. 일제강점기와 전쟁을 겪은 우리 부모 세대에게 굶주림은 철천지원수처럼 여겨져서 무슨 일이 있어도 자식들을 배부르게 먹이고 싶었던 염원이 지금까지도 이어지고 있다.

남도에 여행을 가면 수십 개의 반찬이 놓인 상 두 개를 쌓아 내오는 식당들이 있다. 반찬이 하도 많아서 젓가락을 대지도 못한 채 버려지는 반찬을 보면 재료와 공이 아깝고, 설거지통에 그득한 그릇에 파묻혀 고개도 못 드는 분들에게 내가 더 죄송하다. 그렇다고 반찬 하나하나가 모두 다 맛있는 집은 거의 없으니 가짓수를 줄여서 몇 개에만 집중하면 좋을 텐데.

몇몇 전문 서적을 읽은 내 짧은 소견으로는 이런 문화는 유교적 의례를 중시하던 조선의 궁중에서 왕에게 올리는 음식이나 양반가에서 상에 올리는 음식의 종류와 가짓수를 규정한 데서 시작한다.

  임금께 올리는 수라상에 음식의 가짓수가 많았던 것은 전국에서 올라오는 제철 재료를 고루 맛보면서 그해의 작황을 살펴보는 것으로 백성들의 생활 상태를 짐작하고자 하는 의도도 있었다. 호남평야에서 올라온 쌀로 지은 밥이 고슬고슬하면 농사가 잘 되었음을, 동해에서 잡힌 대구조림에 살점이 적으면 올해 작황이 좋지 않음을 쉽게 알 수 있었을 것이다.

  일제강점기를 겪으면서 궁궐 수라간에 있던 숙수들은 궁 밖으로 쫓겨나다시피 해서 갈 데가 없었다. 그때 '○○관'으로 이름 붙은 고급 연회시설의 주방을 맡아 궁에서 차리던 음식을 거르지 않고 그대로 한정식이란 이름으로 내놓으면서 음식의 가짓수에 연연하는 오늘날의 식문화로 변모한 것으로 보인다.

  2021년이다. 한정식은 모던 한식, 퓨전 한식 등 다양한 모습으로 변하고 있다. 이제는 반찬 가짓수로 경쟁하는 것보다 반찬의 맛으로 경쟁해야 하지 않을까? 손님들도 많이 주는 식당보다 맛있는 것만 내는 식당에 후한 점수를 줘야 할 때가 됐다.

집에서도 마찬가지다. 가족들 모인 자리에서 적당히 먹고 수저를 내려놓으면 어른들은 "왜 그만 먹느냐? 음식이 많으니 배가 불러도 더 먹어라" 하면서 더 먹기를, 더 배부르기를 요구한다. 우리는 언제까지 이렇게 많이 먹어야 하는 걸까? 음식 쓰레기도 엄청나고, 국민 대다수가 다이어트를 걱정하는 시대다. 이제 적당히 먹어도 되지 않을까?

헨리 데이비드 소로Henry David Thoreau는 《월든Walden》에서 외치고, 외치고, 또 외친다. '간소하고, 간소하게 하라! 하루에 세 끼를 먹는 대신 한 끼만 먹어라. 백 가지 요리를 다섯 가지로 줄여라. 그리고 다른 일들도 그러한 비율로 줄여라.'

코로나19 시대의 여느 집과 마찬가지로 우리 집도 재택근무를 시작한 남편, 유학 중에 돌아온 아이, 공유 오피스에서 집으로 들어앉은 나까지 온 가족이 집 안에서 하루를 보내게 되었다. 저녁 한 끼만 차려 먹다가 갑자기 삼시 세끼를 챙겨야 하는 상황이 된 것. 소로의 외침을 염두에 두고 점심을 간단하게 먹기로 했다. 말 그대로 '점심'은 '마음에 점을 찍는' 정도가 좋지 번거롭게 많이 차리느라 시간 쓰고, 배불러서 부대낄 정도로 먹을 필요가 없는 거니까.

그렇게 해서 점심 메뉴는 한 그릇 요리로 정했다. 간단한 덮밥이나 샌드위치, 국수나 피자 등의 메뉴를 정해 가족이 돌아가며 식사 준비를 하니 하루 세끼 차리는 부담이 덜했다. 준비도 간단하고, 먹기도 간단하고, 설거지도 간단하고.

점심 메뉴 중 내가 좋아하는 건 김밥이다. 딱 김밥 한 줄 안에 기초식품군이 다 들어 있다. 색깔도 흰노초빨검, 오방색이 갖춰져 있고, 짭조름한 맛과 시큼한 맛, 고소한 맛까지 어우러지니 이게 바로 완전식품. 영화 〈카모메식당〉에서 사치에가 단정하게 만들던 오니기리도 가끔 애용하는 아이템이다. 안에 참치나 멸치볶음을 넣고 꾹꾹 눌러 뭉쳐놓으면 다른 반찬 없이도 든든한 한 끼가 되니까.

저녁 메뉴도 메인 한 가지만 신경 쓰기로 했다. 닭볶음탕, 불고기, 된장찌개, 생선구이 등 한 가지에 집중하고, 주말에 만들어둔 밑반찬 중 두어 개씩을 돌려가며 내놓았다. 식탁 차리기도 쉬워졌고, 신경 쓴 메인 요리는 싹싹 긁어 먹으니 음식 쓰레기도 줄었다. 얼마 전까지 설거지가 귀찮아서 식기세척기를 살까 고민했는데 설거지가 반 이상 줄어서 그럴 필요가 없어졌다.

⌒

철학자 니체도
혼밥했다던데

⌒

혼밥을 할 때는 당당하게 앉아서 먹는
게 중요하다. 핸드폰 집어넣고, 밥에 집
중해야 한다.

아이들이 커서 독립을 하자 집안 일이 확 줄어들면서 일상의 리듬이 깨지고 갑작스레 허전함이 밀려와 '빈둥지증후군'을 경험한 친구들이 가끔 느릿한 목소리로 전화를 걸어왔다. 남들은 퇴직하고 집으로 들어앉는 나이에 잡지사 편집장에서 대기업 콘텐츠 디렉터로 자리를 옮겨 바쁜 시간을 보내고 있던 나로선 상상하기 힘든 상황이었다.

남편은 예전보다 퇴근 후 술자리가 현저히 줄어들어 전보다 퇴근시간이 빨라졌고, 재수를 하느라 여전히 앞길이 오리무중인 딸과 함께 살고 있던 나는 마음 가득 부러움을 담아 "나도 어서 '빈둥지'에서 살고 싶다. 나 같으면 하루 24시간이 모자라겠다. 재미있게 시간을 보내면 되지 뭔 자랑이냐"며 전화를 끊곤 했다.

그로부터 몇 년 후, 나도 퇴사를 했다. 개인 사업자로 일인 회사를 만들어 자유롭게 일하다 보니 자연스럽게 낮에는 혼자 있는 시간이 많아졌다. '군중 속의 고독'이라고 회사 동료들과 함께 있으면서도 혼자 한 일이 많았건만 독립체로 떨어져서 혼자 하는 일들은 같은 일도 크게 다르게 느껴졌다. 혼자 마시는 커피, 혼자 보는 영화, 혼자 타는 기차, 혼자 먹는 밥…….

해외여행 가서는 타이유방Taillevent이나 알랭 뒤카스Alain Ducasse 같은 미쉐린 쓰리스타 레스토랑에 혼자 들어가 풀코스 식사를 하고는 셰프한테 메뉴판에 사인까지 해달래서 받기도 하고, 아무렇지 않게 파리나 런던 길거리에서 크레이프도 먹고, 아이스크림도 먹었건만 서울에서 혼자 밥 먹는 건 여전히 익숙하지 않았다.

좋아하는 사람들과 함께 먹으면 더 맛있게 느껴지는 건 사실이다. 처음엔 일주일 내내 약속을 만들어서 매일 점심을 사람들과 함께 먹었다. 오랜만에 함께 밥을 먹으며 근황도 나누고, 새로운 일도 도모하고 일거삼득의 시간으로 점심시간을 활용했다.

하지만 식당을 고르는 노력, 이동 시간, 예산을 넘는

식사비 등이 부담스러워졌다. 또한 일 이야기를 하면서 밥을 먹으면 뭘 먹었는지도 모르는 경우가 많아 좋은 식당을 예약한 수고가 아까워지기도 했다. 일주일에 한 번 정도 점심 약속을 하고, 미팅은 점심시간이 아닌 오전과 오후 티 미팅으로 바꿔갔다.

혼자 밥을 먹으면
꼭꼭 씹어먹는다

점심은 혼자 먹기 시작했다. 마침 일하던 공유 오피스가 명동성당 옆이라 가톨릭회관 구내식당을 이용했다. 대형 급식업체에서 운영하는 곳이어서 점심 가격은 사천 원. 성당 관계자들과 근처에서 일하는 사람들이 오는 곳이라 대부분 혼자 와서 밥만 먹고 가는 곳이어서 혼자 가는 것이 어색하지 않았다. (이곳 식사가 꽤 괜찮아서 나중에는 옆 자리 대표들과 함께 우리 구내식당처럼 이용하기도 했다.) 시간은 온 세상 사람들이 점심 먹으러 몰려가는 정오를 피해서 오후 한 시로 정했다. 그래야 좀 한가했다.

　그럼에도 불구하고, 혼자 밥을 먹는 건 참 쑥스러운 일이긴 했다. 에이모 토울스Amor Towles의 《모스크바의 신사》에 이런 문장이 있다. '알렉산드르 일리치 로스토프 백작은 혼자 식사를 할 때면 신문을 들고 식당에 들어갔다. 백작이 손에 신문을 들고 자리에 앉는 것은 혼자서 식사를 한다는 국제적 상징이고, 백작이 메뉴판을 닫고서 접시 옆에 내려놓는 것은 주문할 준비가 되었다는 국제적 상징이다.'

　백작이 신문으로 혼밥 상황을 알렸다면, 요즘 우리는 휴대폰으로 혼밥 상황을 알린다. 혼자 밥 먹는 사람들 중에는 한 손에 휴대폰을 쥐고 밥을 먹는 이들이 의외로 많다. 카페에서는 노트북에 영상을 켜놓고 그걸 보면서 밥을 먹는 이들도 있다. 혼자 밥 먹는 시간을 최대한 효율적으로 활용하려는 의도도 있겠지만 쑥스러움을 가리려는 의도로 보인다.

　나는 그게 잘 안 된다. 평소에도 멀티플레이어가 아니라 한 번에 한 가지씩 해야 맘이 편하다. 우선 밥을 먹을 때 휴대폰을 보면 밥 먹는 데 집중이 안 되어 내가 뭘 먹는지도 모르고 먹게 되고, 평소보다 급히 먹어 체하기도 한다. 아무리 구내식당 밥이라도 주방에서 재료를 다 듬고 음식을 준비할 때는 공들여 만들었을 텐데, 후다닥 먹어버리면 왠지 미안하기도 하고, 밥 한 끼 제대로 먹을 시간도 없는 사람이 뭘 할 수 있을까 싶기도 해서 밥 먹을 때는 밥에 집중해서 먹으려 애쓴다.

혼자 밥을 먹으니 온전히 밥에 집중할 수 있게 되었다. 일본 드라마 〈고독한 미식가〉의 고로 씨처럼. 밥을 꼭꼭 씹어 먹으며 밥맛이 어떤지, 반찬은 어떻게 조리했는지, 필수영양소 중 어떤 것이 빠져 있는지 등을 체크하며 오후 간식 메뉴를 정하기도 했다. 내가 떠온 음식을 깔끔하게 다 먹고 "잘 먹었습니다" 하고 인사를 하고 나와 차 한 잔 앞에 놓고 오전 시간 동안 처리했던 일을 돌아보고, 오후에 만날 사람도 떠올려 보면서 점심시간을 보내게 되었다.

구내식당에서 혼밥이 익숙해지자 주변 식당에서 혼밥하는 것도 쉬워졌다. 두어 명씩 함께 와서 식사하는 경우가 태반인 주변 식당도 한 시쯤 되면 손님이 줄어들고, 주방도 좀 여유가 생겨 사장님들과 한두 마디 이야기도 나눌 수 있어 쑥스러움이 덜 했다. 나중에는 을지로를 벗어나 평소에 가고 싶었던 식당들을 리스트업해서 도장깨기하듯 한 곳씩 가보기도 했다.

혼밥에 대한 이야기는 어제 오늘 일이 아닌 게 이미 오래전, 독일의 철학자 임마누엘 칸트는 음식을 제대로 즐기려면 함께 먹을 사람이 있어야 한다고 생각했고, 프리드리히 니체는 수다에 별 취미가 없어서 늘 혼자 밥 먹기를 고집했다는 이야기로 그들의 성향을 추측케 하는 기록도 있을 정도다. 어떤 게 옳다 할 일도 아니니 각자 제 성향에 맞게 먹으면 될 뿐.

지난 몇 해 동안 사회 전반적으로 '혼밥'에 대한 의식도 많이 바뀌었다. 큰 식당이나 카페에서 혼자 밥을 먹는 이들을 보는 게 흔한 일이 되었다. 그런데도 친구들 중에는 혼자 식당에 가거나 카페에 앉아 있는 것을 신기하다고 하는 이들이 있다. 필요하면 하는 거다.

식사를 거르는 것보다는 혼자라도 밥을 챙겨 먹는 게

낫고, 친구와 시간을 맞추려고 애쓰다 영화가 내려가서 극장의 대형 스크린에서 못 보는 것보다는 혼자라도 보는 게 낫다. 같이 갈 사람 없다고 가고 싶은 곳 한 군데도 못 가고 한 해를 보내는 것보다는 혼자라도 가까운 공원부터 산책하는 게 낫고, 불러내주는 사람 없다고 집 안에서 스스로의 신세를 한탄하며 누워 있는 것보다는 혼자라도 근처 카페에 가서 차 한 잔 마시며 기분 전환하는 게 낫다. 나이가 들어서 좋은 건 이 모든 일을 하는데 남의 눈치가 하나도 안 보인다는 거다.

�－

기억의 맛,
무화과

⌣

껍질은 아직 푸릇했는데 입안에 넣고
깨물자 안에서 달짝지근한 과육이 부
드럽게 씹혔다. 아주 맛있었다. 아버지
손에 들려 있던 반 개를 마저 달라 해서
먹었다.

이른 아침 수영하느라 힘을 빼고 슬슬 걸어서 도착한 카페. 핸드드립 커피를 마시러 왔는데 바리스타는 아직 출근 전이다. 쇼 케이스를 구경하는데 눈에 들어오는 타르트 하나. 무화과 타르트다.

손으로 꼭지를 잡고 벌리면 둘로 쪼개지면서 안쪽에 겹겹이 붙어 있던 붉은 과육과 자잘한 씨가 모습을 드러내는 무화과. 한입 입에 물면 부드럽게 씹히면서 달짝지근한 과즙이 적당하게 섞이면서 일순간 행복감에 휩싸이게 하는 열매다. 커피와 같이 먹으려고 무화과 타르트 하나를 시켜서 한입 베어무는 순간 거짓말처럼 옛 기억이 되살아났다.

마당에는 달리아, 채송화, 장미가 풍성하지는 않아도 철 따라 꽃이란 게 이런 거다 느낄 만큼 피어주었다. 뒤쪽에는 사철나무가 받쳐주고, 대문까지 포도나무 넝쿨

이 이어졌다. 여름이면 포도 송이가 초록 알갱이에서 거 뭇한 보랏빛으로 변해가는 모습을 보며 땀을 식히고는 했다.

그 안에서 자기들끼리 꽃과 나무가 질서가 갖춰져 가 던 어느 날, 아버지가 가느다란 묘목을 하나 들고 오셨 다. 자리가 마땅치 않아 꽃나무 몇 그루가 조금씩 옆으 로 옮겨졌고, 아버지는 여기서 맛있는 게 열릴 거니 얼 른 물 떠 오라며 재촉했다.

그리 멋지다 할 수 없는 모양새로 나무가 조금씩 자 랐고, 내 손바닥 크기 정도의 잎이 몇 개 나오고 해가 지 나자 남쪽에서 자라는 거라 추워서 안 되는 모양이라고 가족들은 포기하기 시작했다. 아버지 혼자 거름을 주고, 벌레를 잡고, 정성을 들였다.

대문가의 포도를 다 따먹고, 마당에 더 이상 잔재미 가 없어진 늦여름, 파란 알갱이 몇 개가 달린 걸 발견했 지만 똘배만큼 맛이 없겠다고 하고 또 잊었다. 학교에서 돌아와 저녁을 기다리느라 마루에 걸터앉아 있는데 퇴 근해서 집에 온 아버지가 옷도 안 갈아입고 마당에 가서 불그죽죽한 색으로 변한 무화과 열매를 땄다. 서너 개가 열렸던 듯하다.

아버지 엄지손가락 두 개 정도 크기의 열매를 껍질째 입에 넣어주셨다. 껍질은 아직 푸릇했는데 입안에 넣고 깨물자 안에서 달짝지근한 과육이 부드럽게 씹혔다. 기대를 안 해서 그런지 그 달콤함은 상상 이상이었다. 아주 맛있었다. 아버지 손에 들려 있던 반 개를 마저 달라 해서 먹었다.

아버지와 함께한 38년. 평소에 엄하고, 늘 곁을 주지 않던 아버지가 정성껏 키워 얻은 열매를 내 입에 넣어주면서 "이게 무화과야" 하셨던 그 순간만은 엊그제처럼 생생한 이유는 뭘까?

서른 넘어 여름날 남도 쪽으로 출장 갔다가 길에서 무화과를 펼쳐놓고 파는 촌부를 만났다. 차를 멈추고 한 바구니 사서 일행과 나눠 먹는데 어린 시절 아버지가 먹여주었던 무화과만큼 달지 않았다. 크기도 두 배 이상 컸고. 얇게 잘라서 말려 파는 무화과 칩은 무화과의 맛을 감소시켰다. 유럽 여행길에 잘츠부르크 시장에서 사

먹은 무화과는 너무 잘 익어 입에서 살살 녹았다. 하지만 그 역시 어린 시절의 그 맛은 아니었다.

온전히 땅의 힘으로 뿌리를 굳히고, 계절의 변화를 그대로 받아서 햇빛과 바람, 비를 맞고 자란 나무들. 꽃이 피고 열매가 맺히는 동안 사람의 관심과 정성이 더해져 적당한 정도의 당도에 도달했던 그 과일들의 맛을 본 지 오래다.

담장너머로 늘어진 사과를 따서 반으로 쪼개 나눠 먹으면 입안 가득 침이 고이던 기억, 봄이면 소풍을 간 푸른 지대 딸기밭 이랑에 삐져나온 딸기를 따서 먹으며 상큼한 단맛에 깔깔거리던 기억, 이 모두 기억 속의 맛이 되었다.

一

진짜
영양제

⏜

친구들이 추천하는 영양제를 이것저것 먹다 보면 몸이 좋아지는 것 같기도 하고, 별 차이 없는 것 같기도 하다. 안 먹는 것보다는 나을 듯해 오늘도 약통을 채운다.

난 어릴 때부터 약골이었다. 타고난 체형이 작은 데다가 잘 먹지도 않고, 겨울이면 연탄가스에 취약해서 늘 비실거렸다. 어지러워서 일어나지 못하겠다며 선생님께 전화하고, 열 시 넘어 학교에 간 적이 셀 수 없이 많다. 조회 시간에 교장선생님 훈화말씀이 조금 길어진다 싶으면 어김없이 스르르 쓰러졌다. 얼굴빛도 다른 친구들보다 하얀 편이어서 매스게임이나 단체 활동 시간에는 시작하기도 전에 선생님들이 앞으로 빼주셨을 정도로 약골의 표본이었다.

그러던 내가 고등학교 때부터 달라졌다. 아침 여섯 시 반에 집을 나서서 버스가 안 오면 산길을 넘어서라도 서둘러 가서 학교에 가장 먼저 도착해 교실 문을 열었고, 학교 앞 교통정리와 온갖 야외활동에 나서서 참가했다. 엄마는 어렸을 때 먹인 보약이 이제야 효력을 발휘한다고 좋아하셨지만, 내 생각에는 걸스카우트 활동이 나를 바꿔놓은 듯하다.

초등학교 5학년 때부터 고 3까지 꾸준히 걸스카우트로 활동하면서 전국 규모 캠프에 참여하고, 잦은 야외활동을 통해 내성적인 성격이 적극적이고 사교적으로 변했다. 가장 다행인 건 심신이 건강해진 것. 마음이 건강해야 몸도 건강한 거라고 믿게 된 계기다. 그 후 특별한 병치레 없이 잘 지냈다.

갱년기가 오면서 어릴 적 고질병이 다시 도졌다. 수시로 기운이 빠지고, 쉽게 지쳤다. 잠도 설치니 아침이 게을러졌다. 필라테스도 열심히 하고, 수영도 새로 시작했건만 여전히 기운이 나지 않았다. 갱년기라는 게 잠시 땀만 나다 마는 줄 알았다. 회사를 다니다 그만둬서 '회사 독'이 빠지는 과정이라 그런 줄 알았다.

내과, 이비인후과, 정형외과, 산부인과 등 '병원셔틀'이 시작되었다. 온몸에서 돌아가며 부위별로 크고 작은 신호를 보내왔다. 여태까지 한번도 들여다보지 않았던 몸이 이제는 내색을 하겠다고 다짐한 듯했다.

몸을 전체적으로 돌아보는 건강검진을 하고, 유전적 체질을 고려한 영양제가 필요해서 식이요법을 전문으로 하는 병원에 갔다. 아니나 다를까 단백질은 턱도 없이 부족했고, 그 외에도 부족한 영양소가 너무 많아서 이걸 먼저 채워야 그다음 진도를 나갈 수 있었다. 채우기 위한 영양제만 쇼핑백으로 하나 가득이었다.

　　몇 년에 걸쳐서 나에게 맞는 음식을 챙겨 먹고 운동하면서 부족한 건 채우고, 채워지면 약을 빼는 식으로 영양제 구성을 바꿔 나갔다. 처음보다 영양제 수가 줄어서 경제적 부담도 덜해졌다.

　　예전에 엄마 간병할 때 편리할 거라며 지인이 일본에서 사온 약통을 선물로 주셨다. 엄마 약은 끼니마다 비닐 포장이 되어 있어서 제대로 쓰지 못했지만 버리기는 아까워서 갖고 있었다. 한 판은 세로로 월요일부터 일요일까지 일곱 칸씩, 가로로 아침·점심·저녁·취침 전으로 네 칸씩 전체를 스물여덟 칸으로 나눈 것인데, 이게 이렇게 요긴할 줄이야. 매주 일요일 저녁이면 의식처럼 약통을 다 꺼내, 빈칸에 영양제를 채우고 식사 때마다 꺼내서 하나씩 빼먹는다. 요즘은 이런 용기를 슈퍼마켓에서 쉽게 살 수 있다.

초기에 몇몇 영양제가 눈에 띄게 효력을 보였다. 불면증이 좀 나아졌고, 장내 유해균도 많이 없어져서 한동안 가스가 차지 않아 더부룩함이 사라졌다. 효과가 보이니 신이 나서 하루도 빠짐없이 영양제를 먹는다. 영양제를 먹기 위해 아침, 점심, 저녁을 챙겨 먹을 정도로 열심히 먹는다.

또래들을 만나면 누구 하나 빠짐없이 다들 아픈 이야기 한 보따리씩이다. '그 병엔 뭐가 좋다더라'는 민간처방도 오가지만 요즘엔 어떤 영양제가 더 효과적인지를 놓고 서로 정보 대결을 할 정도다. 누구는 글루코사민을 꼭 먹어야 한다 하고, 누구는 오메가-3가 더 중요하다 하고, 누구는 프로 바이오틱스라 한다. 이름 외우기도 쉽지 않은 영양성분들을 줄줄 잘도 얘기한다.

옛날부터 '병은 알리라'고 했다. 비슷한 환경의 사람들과 질병에 대한 이야기를 나누다 보면 타기팅 확실한 집단지성의 위력을 확인할 수 있다. 나 역시 내 경험담을 보태며 영양제 찬양에 합류한다.

하지만 이렇게 말을 하면서도 나는 안다. 영양제는 나의 몸을 살짝 도와줄 뿐. 어렸을 때 경험했듯 매일매일 적극적 자세로 긍정적 시야를 갖고 즐겁게 사는 게 진짜 영양제라는 것을.

⌒

발길 닿는 대로 걷다가,
걷다 보면

⌒

편안한 신발을 신고, 그저 발길 닿는 대
로 걷는다. 걷다 보면 마음이 차분해지
고, 세상을 둘러보게 된다. 꽃도 나무도
새롭게 보인다.

코끝이 싸하게 쌀쌀한 날, 찬바람을 가르며 한강 변을 걷는 것만큼 상쾌한 일이 있을까? 찰랑이는 한강물 옆에 끼고 양손을 휙휙 크게 휘두르며 성큼성큼 걷는다. 봄에는 언 땅을 뚫고 올라오는 새싹들 구경하는 재미에, 여름엔 시원한 강바람으로 땀 식히려고, 가을엔 흔들리는 갈댓잎 보며 시 한 구절 떠올리려고, 겨울엔 이렇게 찬바람 맞으려고 한강을 걷는다.

멀리 강 건너 남산 꼭대기의 남산타워를 기준으로 반포대교까지 뛰듯이 걷는다. 저녁시간에 맞춰 무지갯빛으로 올라오는 반포대교 무지개분수 물보라 구경하다가 돌아서 오는 길에는 강변을 따라 서울의 야경이 화려하게 반짝거린다.

삼청동 돌담을 끼고 꼬불꼬불한 골목길을 걷기도 하

고, 양재천의 키 큰 나무들 사이로 초록 그늘이 드리운 산책로를 걷기도 한다. 서촌과 북촌을 오가며 동네가 지닌 고유의 냄새를 맡으려 킁킁거리기도 하고, 가로수길과 세로수길을 종으로 횡으로 오가며 뭐가 유행인지 구경하려고 느릿느릿 걷기도 한다.

걷는 거 정말 싫었다. 승용차를 운전하고 다닐 때는 하루에 천 보를 넘지 않는 날이 더 많았다. 운동과 담쌓고 지내던 시절이다. 여행이나 출장을 가면 뉴욕이나 파리에선 기꺼이 몇 블록씩 걸어 다니고, 여행가면 하루에 3만 보는 너끈히 걸으면서도 서울에서는 절대 안 걸었다.

회사를 그만둔 후, 시간 여유가 생기고 대중교통을 이용하면서부터 걸었던 것 같다. 처음엔 어디 가려면 스마트폰 앱을 통해 교통수단을 검색하고 두 번 갈아타더라도 도보 이동 거리가 가장 짧은 노선을 택했다.

어느 날인가 버스를 막 놓쳤더니 다음 버스까지 20분을 기다려야 했다. 멍하니 기다리는 것보다 슬슬 걸어가는 게 빠를 듯해서 걷기 시작했다. 의외로 그리 힘들지 않았고, 걸어오면서 여러 가지 생각도 정리할 수 있었다. 기분이 상쾌해지고, 그날은 일찌감치 잠자리에 들어 깊은 잠을 잘 수 있었다.

그 후로 자주 걷는다. 버스 한두 정거장 거리는 걸어다닌다. 강남보다는 강북이 걷기에 좋다. 경사가 거의 없는 평지인데다 블록간 거리가 짧아서 걸어가는 게 지루하지 않다. 을지로 공유 사무실에서 일할 때는 동대문부터 서대문까지 걸을 만했고, 삼청동이나 서촌 갈 때도 걸어갔고, 충무로나 장충동까지도 걸어갔다.

그즈음 영화배우 하정우가 쓴 책, 《걷는 사람, 하정우》가 나왔다. 걷는 게 좋아서 하루에 3만 보씩 걷고, 가끔은 10만 보도 걷는다고 했다. 동료들과 국토종단까지 했다니 정말 대단한 사람이다. 연기만 잘하는 줄 알았는데, 사람이 다시 보였다. 왠지 나도 더 걸어야 할 것 같았다.

걸으면서 세상을
배우다

걸어 다니면서 얻은 게 많다. 차를 타고 지나갔으면 못 봤을 작은 갤러리나 서점, 카페에 수시로 들러 구경을 하고, 골목길로 들어서면 사람들 사는 모습이 다 비슷함에 공감하기도 한다. 드라마에 나왔던 장소를 우연히 발견하기도 하고, 걸어가다가 반가운 지인을 만나 차 한 잔 하기도 한다.

지금처럼 번화해지기 전의 익선동 골목길에 들어서면 집집마다 대문 틈으로 풍겨나오던 밥 짓는 냄새, 대문 앞 평상에 앉아 마늘 까고 콩나물 다듬는 할머니들 이야기, 강아지 짖는 소리 등 사람 사는 풍경을 볼 수 있었다.

가장 크게 얻은 것은 활력이다. 온몸을 써서 숨차게 걸으니 소화도 잘 되고, 다리도 탄탄하진 듯하다. 멀리 보고 걸으니 모니터만 보고 있던 시야가 넓어져서 눈이 시원해짐을 느낀다. 내가 백 번 말하는 것보다 선배님이 쓴 글을 인용하는 게 좋겠다. 고전 평론가 고미숙 선생이 쓴 《조선에서 백수로 살기》에는 걷기가 최고의 양생술이라는 내용이 있다.

일단 걸어라! 발길 닿는 대로 걸어라. 발길 닿는 대로 걷다 보면, 많은 것을 배우고 발견할 수 있다. 거리 자체가 책이요 텍스트다. 주변의 둘레 길을 마스터한다든가 명승지를 답사한다든가, 아니면 도심의 골목 투어를 해도 좋다. 그렇게 걷다 보면 지형지물에 익숙해지고, 그 경험들은 주유천하를 하게 될 때 아주 소중한 자산이 될 것이다.

'걷기'야말로 최고의 양생술養生術이다. 양생이란 정신을 잘 순환시켜 생명력을 보전하는 의학적 비전이다. 이름하여 통즉불통通則不痛! 아프다는 건 생리든 심리든 어딘가 꽉 막힌 것을 의미한다. 우울증, 암, 치매, 중풍 등 현대인이 가장 무서워하는 질병들이 다 거기서 비롯한다.

그래서 걷기는 거의 모든 병의 치유법에 속한다. 두통을 없애려면? 걸어라! 소화가 안 된다고? 걸어라. 현대인의 가장 치명적 질병인 불면증을 없애려면? 역시 걸어야 한다!

만병통치냐고? 거의 그렇다.'

　정말 그렇다. 걷다 보면 걱정거리를 잠시 잊고 주위를 둘러보게 된다. 바람을 맞고 걸으니 기분도 상쾌해지고, 몸의 순환도 좋아진다. 그리스 말 중에 '볼타vólta'라는 단어가 있다. '볼타'는 저녁에 석양을 보면서 가족이나 강아지와 함께 산책하는 것을 뜻하는 그리스어로 그리스 사람들은 이 볼타 시간을 가장 행복한 시간으로 꼽는다고.

　그러고 보면 그리스 사람이나 서울 사람이나 사람이 느끼는 행복은 다 비슷비슷하다. 걷는 게 뭐 큰일도 아닌데, 나도 해질녘, 노을이 낮게 깔리는 강변을 걷다 보면 '이게 행복이지' 싶으니.

ᄀ

치매가
두려워

ᄀ

통째로 사라져버린 나의 2020년 7월

15일. 그날의 암담했던 상황은 나에게

치매 예방에 대한 적극적 의지를 만들

어냈다.

한여름이었다. 영화 〈패터슨Paterson〉
의 버스 안 같은 어스름한 공기로 가득찬 시야. 사방이
뿌옇고, 무더운 여름날 오후의 나른함 속에서 사물이
조금씩 명료하게 보이기 시작했다. 남편의 목소리가 들
렸다.

"우선 병원에 가자."

세수를 하고 옷을 갈아입고 집 밖으로 나와 천천히
걷기 시작하니 그제서야 조금씩 정신이 들었다. 내게 무
슨 일이 있었던 걸까? 집 앞 상가에 자주 가는 가정의학
과 선생님과 마주 앉았다.

"오늘은 무슨 일로 오셨나요?"

"선생님, 저 오늘 오전 일이 하나도 생각이 안 나요."

가족들 말에 따르면 그날 아침, 나는 평소와 다름없
이 식구들 아침을 챙겨놓고 수영장에 갔는데 세 시간

후에 돌아와서는 아무것도 기억이 안 난다며 식탁 위에 자동차 열쇠를 내려놓고 엉엉 울었다는 것이다. 남편이 나가보니 아파트 주차장에 차가 없어서 수영장에 가서 차를 찾아왔다고 했다. 내가 차를 갖고 수영장까지 가서 수영하고, 돌아올 때는 차를 수영장 주차장에 두고 아무렇지도 않게 버스를 타고 온 것이다.

그럼 수영장에서 무슨 일이 있었나? 같이 수영하는 언니들에게 연락을 했다. 한 언니는 "무슨 일 있어? 오늘 서둘러 가기에 바쁜 일 있나 보다 했네. 수영장에서 별일은 없었는데" 했고, 다른 언니는 "괜찮아? 오늘 좀 이상하더라. 평소 같지 않게 묻는 말에 대답도 쌀쌀맞게 하고, 눈도 안 마주치고. 무슨 일 있어?" 차라리 수영장 벽에 머리를 꽝 부딪혔다는 대답을 듣고 싶었던 걸까? 아, 이건 뭐지? 하나도 기억이 안 난다.

가족들의 이야기를 토대로 기억을 조합해봤다. 이날 아침에 일어난 순간부터 기억나는 게 없었다. 그런데도 식구들 아침 챙겨놓고, 자동차를 운전해서 수영장에 가서 한 시간 동안 수영 수업을 받고, 샤워까지 하고, 버스

타고 집에 왔다. 집에 도착해서는 현관문 비밀번호를 몇 번이나 틀리다가 겨우 열고 들어와서 "기억이 안 난다"며 대성통곡을 했다.

남편이 끓여준 라면을 먹으며 "이 라면 누가 끓였냐?"고 묻고 대답을 듣고 나서도 세 번을 다시 물었다. SNS를 보니 오전 동안 지인들의 포스팅에 멀쩡하게 댓글도 달았다. 한두 명과는 카톡도 주고받았다. 내용상으로 묻는 말에 제대로 대답했고, 문제될 건 하나도 없었다. 단지, 내가 그걸 하나도 기억 못한다는 게 문제였다.

20년 넘게 드나들어 우리 가족의 웬만한 병력은 잘 아는 가정의학과 선생님은 몇 가지 질문을 하셨고, 멍하게 앉아있는 나에게 큰 병원에 가서 정밀검사를 받아보라고 진료 의뢰서를 끊어주셨다. 돌아와서 바로 엄마 생전에 다니던 성모병원 담당 선생님께 진료 예약을 했다. 일상 기억은 돌아왔고, 병원 예약은 했으나 머릿속이 복잡했다.

돌아가신 아버지는 등산을 갔다가 다리를 다쳐 집에 들어앉으면서 치매가 시작되었고, 몇 년 앓다가 돌아가셨다. 엄마도 말년에 혼자 지내시다가 치매 초기 판정을 받았으나 다행히 치매 예방약을 꾸준히 드시고, 우리와 함께 지내면서부터 일상생활을 규칙적으로 유지해서 돌아가실 때까지 더 이상 나빠지지 않았다.

내가 자주 깜박깜박하기는 했다. 집을 나서다가 놓고 온 것이 생각나 다시 들어오는 일은 다반사였다. 마흔 넘으면서 고유명사가 생각나지 않아 "그거 있지, 저번에 내가 얘기했던 그거……" 하면 친구도 같이 "그래, 나도 알아. 그거. 이름이 뭐더라. 네이버에 쳐봐." 그런 대화가 일상이다. 주변 사람들이 다들 그러니 노화의 일반적 증세라 생각하면서도 부모님 두 분의 치매 이력이 있어서 계속 불안한 참이었다.

엄마 돌아가시고 바로 치매 유전자 검사를 받으려 하니 전문의는 굳이 증세도 없는데 미리 검사를 받아서 앞으로 수십 년 동안 그 걱정에 휩싸여서 살 필요가 있냐는 쿨한 조언으로 날 주저앉혔다. 그런데 이런 일이 생긴 거다. 2020년 7월 15일 오전이 깡그리 내 기억 속에서 날아갔다. 티끌 하나 생각나지 않는다.

치매의 불안은

사라졌으나

우선 병원을 예약해 놓고 별의별 생각이 다 들었다. 인터넷 검색으로 찾아낸 병명은 '일과성 기억상실증'. 병명이라는 게 나오는 것조차도 걱정스러웠다. 주변을 정리하기 시작했다. 인터넷 비밀번호는 다 한 군데 모으고, 수십 년 기록인 일기장과 다이어리도 정리하고, 사방에 흐트러져 있던 자료들도 정리했다. 버릴까 말까 망설이던 옷도 다 정리했다. 죽을병 걸린 건 아니지만 내가 기억력이 흐려지면 이 모든 것이 짐이 될 수 있겠기에.

영화 〈스틸 앨리스Still Alice〉의 주인공처럼 나의 다짐을 동영상으로 찍어놓을지도 고민했다. 그 정도는 아니겠지 싶었지만 혹시 생길지도 모르는 여러 가지 상황에 어떻게 대응할지 생각을 정리했다. MRI를 찍고 그 후로 2주 동안 계속 주변을 정리했다.

한 달 후, MRI와 치매 유전자 검사 결과가 나왔다. 모든 게 정상이었다. 의사선생님은 "일과성 완전 기억상

실증으로 보인다. 병원에 있으면 일주일에 한두 명 정도 같은 증상의 환자를 만난다. 원인이 밝혀진 건 아니지만 재발의 가능성은 희박하니 걱정할 필요 없다"며 나를 안심시켰다.

오랫동안 미뤘던 숙제를 싹 해치워버린 기분이었다. 이렇게 개운할 수가 없었다. 치매와 기억력에 대해서 늘 자신이 없었는데, 최소한 현재 시점에서 그 걱정을 하지 않아도 되니 더할 나위 없이 기뻤다.

반나절의 기억이 사라져버린 것은 지금도 미스터리지만 그 덕분에 큰맘 먹고 검사를 했으니 전화위복이란 말은 이럴 때 쓰는 말인가 보다. 세상 참 좋아졌다. MRI와 혈액 검사로 치매 가능성에 대한 불안감을 싹 지웠으니. 그래도 혹시 모르니 치매 예방을 위해서 운동 열심히 하고 퍼즐이나 뜨개질로 손과 머리를 부지런히 움직인다.

치매를 예방하려면 어제가 오늘 같은 비슷비슷한 일상을 사는 것보다 작지만 신선한 자극을 받을 수 있는 새로운 일을 경험하는 게 좋다 한다. 고유명사가 생각이 안 난다고 바로 검색하지 않고, 기억해내려고 애쓰는 것이 도움이 된다 해서 그렇게 하고 있다. 가까운 곳부터 당일 여행도 계속 다니고, 친구들 자주 만나면서 즐겁게 지내야 할 당위성이 생겼다.

⌒

10분의 명상으로 얻는
하루의 평화

⌒

숨에 관심을 갖게 되니, 문득문득 내 호
흡을 살피는 나를 발견한다. 급한 일이
생겨도 잠시 멈춰 크게 심호흡을 한다.

명상을 시작한 지 일 년이 넘었다. 아침에 눈을 뜨면 물을 한 잔 마시고 집안의 창문을 다 열어 환기시킨 뒤 서재로 들어가 책상다리를 하고 바닥에 앉는다. 숨을 들이마시고, 내쉬기를 서너 번 반복하면서 코부터 시작해서 숨이 내 몸 안으로 퍼져나가는 것을 느낀다.

숨을 편하게 쉬면서 어떤 때는 1에서 10까지를 반복해서 세는 수식관 명상을 하고, 어떤 때는 '마음은 평화, 얼굴엔 미소' 문구를 되뇌는 만트라 명상을 한다. 기운이 좋을 때는 차크라 명상으로 단전에서 정수리까지 꽃을 피우며 몸 전체를 활성화시키기도 한다. 아이미소 명상을 할 때면 무한한 공간에 홀로 떠 있는 듯한 느낌이 들면서 마치 영화 〈닥터 스트레인지Doctor Strange〉의 주인공이 된 듯한 착각이 들 정도로 커다란 에너지가 느껴지기도 한다.

　중간에 다른 생각이 떠오르면 무슨 생각인지 알아차리고, '이것은 일 생각', '이것은 가족 생각' 하는 식으로 이름을 붙여주고, 다시 명상에 들어간다. 내 호흡에 집중하다 보면 숨이 들어오고 나가는 것이 정교하게 느껴지고, 그 과정에서 내가 살아 있음을 알아차리게 된다.

　온전히 내가 중심인 세상, 내가 긍정의 눈으로 만들어가는 세상, 내가 지금 여기에 발붙이고 있기에 존재하는 무한한 세상을 느낀다. 내공이랄 것도 없는 내게는 찰나의 순간이지만 신기하게도 그 찰나의 순간에 나는 눈물을 흘리기도 하고, 가슴이 벅차서 터져버릴 것 같기도 하다.

　그렇게 10분에서 20분 정도 조용히 내 안으로 침잠한다. 그날의 명상을 끝내고 눈을 뜨면 내 입가엔 미소가 살짝 달려 있다. 하루가 투명하게 시작되는 느낌이다. 매일 아침, 리추얼 같은 이 시간이 나에게는 보물 같은 시간이 되었다.

　명상, 수많은 정보와 복잡한 관계 속에서 몸보다 마

음이 바쁜 현대인들 중 명상에 관심 없는 이가 있을까? 2010년에 하버드대학생들 2천여 명을 대상으로 조사했더니, '주의 산만한 사람이 집중하는 사람보다 덜 행복하다'는 결론이 나왔다 한다. 즐거운 생각으로 산만하다 해도 결과는 마찬가지라고. 현재를 온전히 느끼고 알아차릴수록 행복도가 올라간다는 것.

복잡다단한 일상에서 벗어나 자기 안으로 침잠해서 생각을 집중하고 정리하고 싶은 마음은 누구나 똑같을 것이다. 나 역시 매일 야근을 하고, 주말 근무를 밥 먹듯이 하며 아이까지 돌보는 워킹 맘으로 숨가쁜 일상을 살면서도 언젠가는 스티브 잡스나 할리우드의 여배우들처럼 명상이란 걸 해서 마음의 평화를 찾을 수 있을 거라고 막연하게 꿈꾸곤 했다.

칼릴 지브란의《예언자》나 지두 크리슈나무르티의《아는 것으로부터의 자유》를 읽으며 자기 안으로의 성찰을 시도해보기도 했고, 일부러 휴가를 내어 유명한 사찰의 템플 스테이 프로그램에 참여해서 어설프게 명상 체험을 해봤지만 그건 그때뿐이었다. 게다가 '작가'란 타이틀을 달고 본격적으로 글쓰기를 시작하고서 집중력에 대한 고민이 생겼고, 여유 있는 삶의 자세를 갖기 위해서도 명상이 해결책일 거라는 생각이 점점 강하게 들었다. 명상과 요가로 이름난 선생님들의 수업에 단발적으로 참여해서 극적인 순간을 맛보기도 했지만 그것 역시 따로 시간을 내서 찾아가야 하니 세 번 이상 이어 나가기가 쉽지 않았다.

그러던 중 우연히 언제 어디서나 쉽게 명상할 수 있는 '코끼리명상' 앱을 알게 되었다. 차분한 목소리의 성우들이 들려주는 이야기를 듣는 동안 마음이 가라앉고, 정신이 맑아지는 기분을 느꼈다. 아침에는 '매일 명상'으로 하루를 시작하고, 지하철을 타거나 걸어 다닐 때 이어폰을 끼고 앱 안의 명상 음악을 듣기도 한다. 오후에 쉬는 시간이 생기면 차 한 잔 앞에 놓고, 앱을 켜서 다양한 명상 프로그램을 들으며 일 년을 보냈다.

일 년을 연습한 뒤 이제는 혼자서 명상을 할 수 있겠다는 자신감이 생겨서 혼자 명상을 시작했다. 처음엔 1분씩, 며칠 후엔 3분, 5분. 그렇게 타이머를 맞춰놓고 명상을 했다. 처음에는 시작하자마자 오늘 해야 할 일, 어제 있었던 일이 우후죽순으로 떠올라 그 생각에 끌려 다니다 시간이 지나가버리곤 했다. 일 년 동안 매일같이 따라했던 명상법이 아무 효과가 없는 거 아닌지 의심도 했지만 다행히 할 때마다 떠오르는 생각의 개수가 줄어드는 미미한 변화가 생기고 있다.

어제보다 오늘이 더 낫다는 확신을 갖고 하루하루 명상을 지속하고 있다. 가끔은 명상을 하다가 다른 생각으로 빠지는데, 며칠 동안 안 써지던 글의 말머리가 떠오르기도 한다. 명상을 한다고 해서 매번 무아의 경지에 드는 것은 아니니 그것도 나쁘지 않다.

명상이 익숙해지니, 문득 문득 내 호흡을 살피는 나를 발견한다. 급한 일이 생겨도 잠시 멈춰 크게 심호흡을 하는 습관도 생겼다. 심호흡이 나를 평안하게 만들어준다. 그래서 요즘은 만나는 이들에게 무조건 명상을 권한다. 그들도 나처럼 평안하기를 바라며…….

⌒

잠이 오지 않는
이 밤

⌒

갱년기 불면증인지 잠자리에서 뒤척이

는 날이 많아졌다. 내 나름대로 몇 가지

루틴을 만들어 잠을 청하지만…….

또 새벽 두 시다. 열 시 반쯤 일찌감치 잠자리에 들면서 '오늘도 편안하게'를 기원하며 눈을 감았는데, 도통 잠은 오지 않아 뒤척거리기를 수십 번. 결국은 포기하고 일어나 우유 한 잔을 따끈하게 데워 꿀 한 숟갈을 넣어 마셔본다. 따뜻한 우유 덕분에 몸은 노곤하게 늘어졌지만 여전히 정신은 말똥말똥하다. 아예 밤을 새려고 작정하면 하룻밤 새는 게 별일 아니지만 내일 할 일이 많아 오늘은 푹 자야겠다고 누웠는데 잠이 안 오는 건 참 괴로운 일이다.

왜 이렇게 잠이 안 올까? 아침 일찍 일어나 똑같이 수영하고, 일상적으로 생활했다. 저녁 먹고, 한강 산책까지 다녀와서 개운하게 씻고 잠자리에 들었는데 잠이 안 오는 이유가 무엇일까? 아, 점심 먹고 유명하다는 카페 구경 갔다가 커피를 한 잔 마셨구나.

이럴 때는 별수 없다. 책이나 읽어야 한다. 읽기에 편하지만 좀 지루한 수필집을 하나 꺼내 들고 안락의자에 앉아 눈을 가늘게 뜨고 책을 본다. 눈을 크게 뜨면 잠이 빨리 안 올까 봐서. 다행히 한 시간쯤 이렇게 책을 보다가 침대로 가면 고맙게도 잠이 온다.

원래 난 잠을 잘 잤다. '미인은 잠꾸러기', '잠이 보약'이라는 말을 금과옥조로 여기고 최대한 잠을 많이 자려고 노력했다. 어디서든 머리만 대면 금세 잠이 들어서 누가 불면증으로 밤을 지새웠다는 말을 들으면 '참 안됐다'고 위로해주곤 했다. 겨우 10분 타고 가는 버스 안에서도 고개를 좌우로 휘저어가며 졸았고, 조수석에 앉아서도 아주 어려운 경우가 아니면 대놓고 잠을 잤다.

여행을 가서도 웬만하면 잠자리 탓 안 하고 쉽게 잠이 들었다. '내 베개, 내 이불'이 아니면 잠이 안 와서 여행 갈 때도 꼭 얇은 이불과 베개를 챙겨간다는 사람들을 보면 짐이 많아서 불편하겠다고 안쓰럽게 여기며 '나도 좀 그렇게 예민해봤으면' 하는 복에 겨운 생각을 한 적도 있다.

그런 내가 50세가 넘으면서 가끔씩 잠을 설치기 시작했다. 처음에는 방이 더운가? 몸이 너무 피곤한가? 전날 잠을 너무 많이 잤나? 등 기본적 질문의 답을 찾기도 했다. 여러 번 같은 상황이 반복되기에 주변 사람들에게 이야기를 하니 '갱년기 불면증'이라며 커피를 줄여보라는 상식적인 답이 돌아왔다. 그래서 커피를 모닝커피 한 잔으로 줄였더니 한동안 잠을 잘 자서 해결된 줄 알았다. 하지만 다시 불면의 밤이 시작되었다.

〈허핑턴 포스트〉의 창립자 아리아나 허핑턴도 수면 부족과 과로로 인한 탈진으로 실신한 이후 자신의 삶을 돌아보고 '숙면이 행복과 성공의 필수요건' 이라는 걸 깨닫고 수면전도사가 되었다. 불면증에 시달리는 이들을 위해 아리아나 허핑턴이 소개한 '수면 혁명 10계명'은 다음과 같다.

1. 매일 7~9시간을 자라.
2. 침실은 어둡고 시원하게 유지하라.
3. 훌륭한 베개와 잠옷이야말로 남는 투자다.

4. 잠들기 30분 전부터는 전자기기를 사용하지 마라.

5. 침실 주변에서 스마트폰을 충전하지 마라.

6. 과식과 늦은 식사를 피해라.

7. 잠들기 전, 따뜻한 물로 샤워하거나 목욕하라.

8. 간단한 스트레칭이나 요가, 명상 등으로 몸과 마음을 잠으로 유도하라.

9. 침대에서는 절대 일이나 공부를 하지 마라.

10. '오늘의 감사목록'을 작성하는 것으로 하루를 마감하라.

몇 가지를 따라 해봤는데 잠자리에 들기 전까지 마음을 다잡는 데는 도움이 되었지만 정작 즉각적 효과는 없는 듯해서 병원에서 영양제 처방을 받았다. 호르몬약이나 수면제 아닌 내 몸 상태에 맞는 영양제를 먹기 시작하면서 다시 스르르 잠이 드는 일상이 시작되었다. 어떤 것이 나의 불면증에 맞아 떨어졌는지는 모르겠지만 다시 자연스럽게 잠이 들면서 나만의 루틴을 몇 가지 만들었다.

첫째, 초저녁이라도 잠이 오면 바로 잔다.

둘째, 자기 전에 따뜻한 보리차나 우유를 반 잔 정도 마신다. 그 이상 마시면 중간에 화장실에 가려고 또 깬다.

셋째, 점심 이후에는 무슨 일이 있어도 커피를 절대로 마시지 않는다.

넷째, 몸을 적당히 피곤하게 산책과 스트레칭을 매일 한다.

다섯째, 잠들기 전에 폭력물이나 스릴러, 추리물 같은 자극적인 영화를 보지 않는다.

여섯째, 잠이 안 오면 억지로 잠을 청하지 말고, 일어나서 책을 읽거나 가볍게 볼 수 있는 시트콤 같은 걸로 시간을 보내며 잠이 오기를 기다린다.

커피를 몹시 좋아하는 내가 오후에 커피를 못 마신다고 하소연을 하자 친한 후배가 커피 대용 보리차인 '오르조'를 소개해줬다. 유기농 보리를 원두처럼 볶은 보리차로 카페인이 전혀 들어 있지 않은데 커피 맛이 나서

임산부 커피로 유명하다. 오르조를 알게 된 이후에는 한밤중에 커피를 마시고 싶을 때 아무 걱정 없이 오르조를 마신다. 커피처럼.

다시 잠순이로 돌아가긴 했으나 요즘도 가끔씩 잠들지 못하고 뒤척일 때가 있다. 한창 바쁠 때처럼 일 걱정이 많은 것도 아니고, 남에게 말 못할 고민이 있는 것도 아니고, 커피도 아침에 딱 한 잔 마셨는데도 그냥 잠이 안 오는 날이 있다.

그런 날은 따뜻한 우유를 한 잔 들고 창문 앞에 선다. 아직도 켜져 있는 건너편 아파트의 불빛들을 바라본다. 늦은 밤까지 TV를 보는지 거실에서 너울거리는 빛이 새어 나오는 집, 아이가 늦게까지 공부하는지 작은 방 창문에만 불이 켜져 있는 집, 밤새도록 집안을 지키는 무드 등을 켜 놓아 여린 빛이 아스라하게 창을 비추는 집.

집집마다 제 각각의 사연이 있겠지 하며 혼자 소설을 쓰기도 하고, 함께 잠 못 이루는 이들과 조용한 공감의 시간을 갖기도 한다. 안 되는 것을 억지로 뭘 하려 하지 않는 것, 세월이 가르쳐 준 인생 해법 중 하나다.

一

수영을
시작했다

⌣

며칠만 수영장에 안 가면 온몸이 찌뿌
둥하고, 꿈속에서 수영하는 꿈을 꿀 정
도다. 운동의 '운' 자도 싫어하던 내가
이렇게 수영을 좋아하게 될 줄이야.

수영복을 또 샀다. 2016년에 수영 시작할 때 처음 수영복 사서 2년을 열심히 입었더니 옷이 늘어나서 다시 하나 사서 2년, 이번이 공식적으로 세 번째다. '공식적으로'라 한 것은 수영 강습 시간에 항상 입는 검은색 수영복을 의미한다. 세상에 수영복이 그렇게 많은데 왜 하필 검은색일까? 이유는 무난해서.

수영을 아주 잘하거나 몸매가 훤칠하게 좋으면 반짝이는 형광색 수영복 입고 수영장을 활보하겠으나 이도 저도 아니니 누가 입어도 잘 어울리고 눈에 잘 안 띄는 검은색이 좋다. 가끔 화려한 수영복 색상에 혹해서, 가격이 말도 안 되게 저렴해서 충동적으로 산 적이 있다. 입고 가면 언니들은 예쁘다, 잘 어울린다 해주지만 괜히 나 혼자 신경이 쓰여서 수영복 밑단만 자꾸 만지작거리다가 다음 날 서랍 속에 처박아두게 된다.

"5년이나 했다며 수영 잘할 텐데 뭘 그런 걸 신경 써?"

　그러게 말이다. 심지어 중급반인데 여전히 수영이 어렵다. 따지고 보면 연간회원권 끊어 다녔으나 여러 가지 핑계로 빼먹은 날이 절반이니 실질적으로 다닌 건 2년도 안 된다고 주장하고 싶다.

　태어나서 처음으로 내 몸이 물에 뜨는 놀라운 경험을 한 게 5년 전이다. 세상에! 내가 물에 떴다며 신나던 것도 잠깐. 물에 뜨긴 했으나 다리 힘이 약해서 물장구를 쳐도 앞으로 나가지 않아 낙심한 것도 여러 번. 포기하지 않고, 나를 끌어당겨준 선생님들 덕분에 25미터 풀을 신나게 왕복하지만 줄을 지어 왕복하는 라인에서 내 뒤는 아무도 없다. 힘이 없어서 그런 거라는 말을 듣고 근력을 키우려고 웨이트 트레이닝도 시작했다. 그래도 여전히 꼴찌.

　그래서 가장 좋아하는 날은 월요일. 긴 오리발을 끼고 수영을 하면 오리발이 힘을 덜어주니 앞으로 쭉쭉 잘 나가 지치지도 않고, 처지지도 않는다. 오리발 장착한 월요일에는 솔선수범해서 열심히 수영을 한다.

수영 끝나고

뭘 안 먹어야 한다더라

수영을 시작했다고 하니 친구들이 훌륭한 결정이라며 응원하고 칭찬해주었다. 그 응원에는 꼭 한 마디가 붙었다. "수영 끝나고 뭐 안 먹어야 효과가 있다더라." 이건 마치 "유학 가면 한국 애들과 놀지 말고, 외국 애들과 얘기해. 그래야 영어가 빨리 는다더라. 외국 남자친구를 사귀면 더 빨리 는다더라"와 다르지 않은.

어쨌든 그 말이 자꾸 귀에 들려서 처음 한동안은 수영 끝나면 서둘러 집까지 걸어와서 간단한 샐러드 먹고 오후를 시작했다. 한두 달 그렇게 하니 살도 빠지고, 몸의 라인도 잡히는 조짐이 보였다. 마치 수행자의 일상처럼.

몇 달 만에 자유형의 자세가 몸에 붙었고, 여행지 숙소에서 폼 잡을 수 있는 배영도 배웠다. 힘들이지 않고, 수영장을 오갈 수 있는 평영까지 자세를 잡은 뒤 접영을 배우기 시작했다. 다른 건 흉내라도 따라할 만했는데, 접영은 아예 진도가 안 나갔다. 선생님도 지치고, 나도 지쳐서 수영을 그만두겠다는 마음이 머리끝까지 가득 차서 그 후 한동안 수영장에 가지 않았다.

2주쯤 수영장에 안 갔더니 시간이 많아졌다. 그 시간에 좋아하는 카페에 가서 커피 마시고, 일도 하면서 잘 지냈는데 갑자기 몸에서 답답함이 느껴졌다. 나도 모르는 새 수영하는 일상이 내 몸에 자리를 잡았던 거다.

다시 수영 도구를 챙겨서 슬그머니 수영장에 갔다. 그러다 같은 시간에 수영을 하는 언니들과 안면을 트고, 매점 앞에서 차 한 잔 나누고, 가끔 점심도 같이 먹게 되면서 수영 그 이상의 즐거움이 생겼다. 언니들은 수영 강습에 빠지지 않고 출석해서 열심히 수영을 하고, 여럿이 먹을 수 있는 간식거리까지 싸 들고 왔다.

70세가 넘은 언니들은 나보다 더 빨리 수영할 정도로 기운도, 실력도 좋다. 운동을 하러 만난 터라 수영과 건강 이야기가 반 이상을 차지한다. 그중에서는 좀 젊은 편인 나는 쏠쏠한 건강과 살림 정보를 얻고, 언니들이 힘들어하는 핸드폰 다루기나 전시회 예약, 사진 찍기 등을 맡곤 한다. 어떤 때는 몸이 힘들어도 언니들 보고 싶어서 억지로 가는 때도 있을 정도로 친해졌다.

눈치 챘겠지만 여전히 매끈하지 않게 허우적허우적 수영을 하면서도 수영이 너무 좋다. 며칠만 수영장에 안 가면 온몸이 찌뿌둥하고, 꿈속에서 수영하는 꿈을 꿀 정도다. 운동의 '운' 자도 싫어하던 내가 어떻게 이렇게 수영을 좋아하게 되었는지 내가 생각해도 신기하다. 물속에 들어가는 순간 몸이 가벼워지고, 물에 둥둥 떠오르면 선천적으로 그랬던 것처럼 자연스럽게 발장구를 친다. 팔을 쭉 뻗어 물을 당기면 몸이 쑥 앞으로 나가면서 세상의 궂은일을 잊게 된다.

물속에 있는 동안은 그저 있는 힘껏 팔을 돌리고 발을 차서 앞으로 나가며 저항 없이 나를 밀어주는 물과 하나가 된다. 웬만큼 열심히 하지 않으면 근육이 붙고, 어깨가 딱 펴지는 걸 기대할 수는 없다. 몸에 힘 빼고 슬슬 수영장 스무 번은 왕복해야 유산소 운동이 된다는데, 아직은 열 바퀴만 돌아도 헉헉대고, 큰 일한 사람처럼 얼굴이 벌게진다. 그래도 머리끝부터 발가락 끝까지

물이 내 몸을 순환시켜준다는 즐거운 착각에 빠진다.
50세 넘어서 한 결정 중에 가장 잘 한 건 수영을 시작한
거다.

유행을 버리고
취향대로 산다

인간이 자신의 환경을 지배하지 못하면

그 환경에 지배당할 수밖에 없다.

-몽테뉴

⌐

하이힐에서
운동화로

⌐

하이힐에서 내려오니 딱 7센티미터 아
래 공기가 느껴졌다. 땅의 기운이 온 발
바닥에 닿으면서 걸음이 가볍고 빨라
졌다. 편하다.

키가 작아 학교 다닐 때 번호가 늘 앞쪽이었다. 새 학년이 시작되면 키 순서로 번호를 받았는데 늘 10번에서 15번 사이를 오가는 나를 보며 엄마는 '늦게 크는 애들이 있다더라', '스무 살 넘어서도 큰다'며 희망을 놓지 않으셨고, 저녁마다 밥상에는 늘 콩나물 반찬이 있었다. 고 2가 되면서 성장은 확실히 멈췄지만 현실감 없기는 나도 매한가지라서 정말로 스무 살 넘어서 어느 날 자고 일어나면 키가 훅 커 있을 거라는 망상을 품고 살았다.

물론 키가 작아서 사는 데 어려운 점은 별로 없었다. 높은 곳에 있는 물건을 꺼낼 때 좀 불편한 거, 같은 가격에 산 바지를 남들보다 두 배 이상 잘라내야 입을 수 있어서 좀 아깝다는 거, 지하철 3호선부터는 의자에 앉으면 발뒤꿈치가 바닥에 닿지 않아 다리가 대롱거리지 않게 발레리나처럼 발가락에 힘을 주고 까치발을 하고 있어야 해서 좀 피곤하다는 거, 가끔 높은 데 공기가 더 맑을까 하고 궁금한 것 외에는.

그래도 키가 더 크다면, (세상을 바꾸진 못하겠지만) 옷매무새는 나아질 거라 키 큰 친구들이 부러워서, 신발로 커버해보려고 교복 구두를 살 때마다 1센티미터라도 높은 굽을 찾아다녔다. 그렇게 고등학교를 졸업했다. 누가 입어도 그럴 듯하게 '보통스러워' 보이는 교복만 입을 때는 몰랐다.

고등학교를 졸업하니 옷도, 머리도 맘대로 할 수 있게 되어 신이 나서 시장과 백화점을 돌아다녔다. 예쁜 옷은 거리에 차고 넘쳤지만 원피스도, 투피스도, 심지어 청바지도 내가 입고 거울을 보면 다 위에서 눌러놓은 듯 작달막해서 볼품이 없었다. 가게 아주머니들은 하이힐 신으면 키가 10센티미터는 커질 거니까 문제없다며 나를 안심시켰다. 하이힐은 신어본 적도 없었지만 귀 얇은 나는 그 말을 믿고 새 옷을 사들였다.

하이힐을 맞추려고 명동에 갔다. 명동 눈스퀘어 뒷골

목이 지금은 화장품과 액세서리 가게들만 있지만 당시에는 세라, 소다, 탠디 등 작지만 장인정신 가득한 구두 가게들로 가득하던 시절이었다. 매장에서 원하는 디자인을 고르고, 내 발을 종이 위에 대면 점원이 발 모양대로 펜으로 선을 그리고, 자로 발의 길이와 넓이를 다시 확인했다. 굽 높이를 묻기에 자신 있게 "10센티미터!" 하고 외쳤더니 점원이 너무 높아서 못 신을 거라며 샘플을 꺼내 왔다.

　길쭉한 모양새가 한눈에 맘에 들었다. 막상 그걸 신어보니 세상이 달라 보였다. 지금까지 내가 보던 세상의 수평은 진실이 아니었다. 유레카! 걸어보라는 점원의 말에 으쓱한 맘으로 한발 성큼 옮기다 비틀거려서 거의 넘어질 뻔했다. 아이쿠! 이게 보통 일이 아니구나. 점원의 조언을 들어 5센티미터로 합의를 봐서 주문을 마쳤다. 일주일쯤 후에 가니 세상에 하나뿐인, 나만의 구두가 완성되어 있었다. 검은색 단화만 신다가 굽 높은 하이힐을 신게 된 것이다. 그것도 빨간색! 안데르센 동화의 주인공 같은 빨간 구두.

빨간 하이힐은 내 눈앞의 세상을 5센티미터 올려주었다. 드디어 꿈에 그리던 윗동네 공기를 맡게 된 것. 하이힐을 신으니 갑자기 허리가 꼿꼿하게 펴지고, 어깨도 쫙 펴졌다. 당시에 유행하던 죠다쉬나 써지오바렌테 청바지를 입고 하이힐을 신으면 (순전히 내 착각이었겠지만) 세상이 내 눈 아래 있는 듯 자신감이 생겼다. 처음 하이힐을 신고 난 이후 굽은 7~8센티미터로 자연스럽게 더 올라갔고, 그 후 30년 동안 나는 거기서 절대로 내려오지 않았다. 어쩌다 신발 벗고 들어가야 하는 곳에서 당혹스러운 순간들은 있었지만 대부분 내 지인들도 내 실제 키를 잘 모른다. 하이힐 덕분에 높은 곳의 신선한 공기 마시며 잘 살아왔다.

　　마침 운동화가
　　유행이래

50세란 나이는 내 단점을 가리던 방호막을 하나하나

벗어내라는 신호 같았다. 하루 종일 하이힐을 신고 다니다 집에 와서 하이힐에서 내려오면 날아갈 듯 몸이 편해졌다. 젊었을 때는 못 느꼈던 감각이다. 허리도 좀 두들겨야 편해졌다. 천천히 낮은 굽으로 갈아타기 시작했다. 3센티미터 정도의 낮은 굽은 몸의 균형도 맞춰주고, 다리도 좀 편했다.

완전히 내려놓은 건 회사를 그만둔 첫 여름, 여름 내내 슬리퍼를 신고 다니다 가을이 되니 다시 하이힐을 신을 수도, 신을 이유도 없었다. 청바지나 카고팬츠만 돌려가며 캐주얼 스타일로 옷을 입으니 굳이 구두를 신을 필요도 없어졌다. 그렇다면, 운동화를 신어볼까?

마침 세상의 유행이 고맙게도 스니커즈라 부르는 운동화, 단화로 돌아서 있었다. 지구 환경을 보호하기 위해 시작한 에코 백 열풍이 '가볍고 작은 가방'에 대한 수요를 부추긴 것처럼, 스타일을 위한 장식성보다는 실용성과 기능성이 각광받기 시작했다. 스트리트 캐주얼이 패션의 주요 코드로 등장해서 할리우드 스타가 정장 수트에 컨버스를 신고 시상식장에 등장하고, 루이비통이나 샤넬 같은 브랜드에서 앞 다퉈 스니커즈를 내놓고 있었다.

운동화가 하이힐보다 세련된 아이템이 된 것이다. 덕분에 어떤 운동화를 신을지 고민해야 할 정도로 세상의 모든 브랜드에서 다양한 운동화가 쏟아져 나왔다. 나름 굽이 있는 운동화도 있고, 컬러와 스타일도 다양하다. 뭐든 발은 편하다.

내 신발장은 순식간에 높이가 훅 꺼졌다. 7센티미터가 넘는 하이힐은 다 폐기 처분했고, 3센티미터 힐도 블랙, 베이지, 그레이 등 기본 색상만 남기고 모두 정리했다. 신발장 안에는 단화, 운동화, 스포츠 샌들과 슬리퍼만 남았다.

운동화를 신으니 세상이 간단해졌다. 발이 편하니 버스 정류장 한두 개 정도는 차를 타지 않고 걸어간다. 굳이 안 가도 되는 곳도 괜히 한번 들어가 발품을 파는 게 불편하지 않다. 버스나 지하철에서도 아무렇지 않게 자리를 양보하고, 앉을 자리를 찾느라 눈동자를 분주히 돌리지 않는다. 갑자기 뛰어야 할 때 발목 삐끗할까 걱정하지 않는다. 시장에 가는 게 편해졌고, 산책 시간이 점점 더 길어졌다. 전에는 저녁때쯤 되면 뻐근하던 허리와 다리도 멀쩡하기만 하다.

7센티미터 높이에서 내려오고 나서 사진을 찍을 때는 상반신 위주로 찍는다. 일행 중에서 전신을 원하는 사람이 있으면 핸드폰을 뒤집어서 다리가 길게 나오게 하거나 여의치 않으면 몸을 살짝 비틀고, 한쪽 다리를 앞으로 빼서 엄지발가락으로 땅에 점을 찍듯이 콕 찍는 자세로 다리를 내뻗는다. 그렇게 하면 다리가 좀 길어 보인다. 참 피곤한 인생이다.

캐시미어가
좋긴 하더라

유행에서 기꺼이 멀어졌다. 가볍고 부
드럽고 오래 입을 수 있다면 그까짓 유
행은 문제도 아니다.

스웨터가 어쩌면 이렇게 부드럽고 포근할까? 옷장을 열었다가 엊그제 사온 스웨터가 눈에 들어와 손으로 한번 쓸어내렸을 뿐인데 가슴속까지 부드러움이 전해진다. 역시 캐시미어야.

내가 생각해도 내 간사함이 놀랍다. 십년 전만 해도 울 100퍼센트가 최고라며 울의 부드러움과 따뜻함에 감탄하고 다녔는데, 홍콩 여행 갔다가 친구들 따라간 작은 가게에서 세일한다는 캐시미어 스웨터를 하나 사서 입어 본 이후로는 캐시미어 아니면 까슬거려 입을 수가 없다고 난리를 친다. 옷을 살 때면 '캐시미어'인지 물어보고, 안쪽에 붙어 있는 케어 라벨을 확인해서 스웨터나 머플러는 100퍼센트 캐시미어 아니면 거들떠도 안 본다.

가성비에 혹해서 구입한 혼방 스웨터를 입었을 때 '까슬거림'이 느껴져 살펴보면 아니나 다를까 그 부분의 피부가 붉게 올라와 있던 기억. 그동안은 알레르기인가 했는데 까슬한 실의 거친 자극에 반응한 거다. 어릴 적에는 굵은 505 털실로 짠 스웨터도 잘 입고 다녔는데, 먹어본 사람이 맛을 안다고 사람의 감각은 좋은 걸 한번 경험하고 나면 이전으로 돌아가는 게 쉽지 않아서 이전의 저급함을 다시 대하게 되면 온몸의 신경 세포를 일으켜서 저항한다.

예전에 505 털실로 엄마가 직접 떠준 스웨터를 어떻게 입고 다녔나 싶다. 무겁고, 올 사이사이로 바람이 숭숭 들어와서 안에 내복을 꼭 입어야만 했던 그 스웨터. 하긴 옆자리 친구의 조끼보다는 훨씬 따뜻하고 빛깔도 예쁘긴 했다. 그 친구의 조끼는 새 털실도 아니고, 큰 누나가 입던 스웨터를 풀어서 다시 짠 거라서 폭신함은 기대도 할 수 없었고, 빛깔도 군데군데 얼룩지게 바랬지만 그마저도 귀했던 시절이었으니.

겨울이면 엄마들은 털실 바구니 들고 아랫집 안방에 모여 앉아 손으론 뜨개질을 하면서 쉴 새 없이 동네 사람들 이야기를 입으로 나르는 것이 일상이었던 시절이다.

아이들 스웨터나 목도리를 뜨기도 하고, 양말과 장갑의 구멍도 메워서 헌 옷을 새 옷으로 둔갑시키는 재주꾼들이었다.

손가락만 몇 번 움직여서 꽃 장식도 만들어 가슴팍에 붙이고, 팔목에 꽈배기 무늬도 순식간에 만들어주던 엄마들. 두툼해서 투박하고, 실 아끼느라 색을 적게 써서 그리 세련된 모양은 아니었지만 무에서 유를 창조하는 엄마들의 손재주는 나에게 마술 그 이상이었다. 팔을 앞으로 벌리고, 헌 스웨터의 실을 푸는 아주머니를 도와서 두 팔을 빙글빙글 돌리면 옆의 아주머니가 고구마를 한 조각 입에 넣어주던 따뜻한 기억도 떠오른다.

스웨터는 엄마가 짜주는 거지 산다는 건 생각도 못하던 시절에 친구 아빠가 서울에서 사왔다는 기계로 짠 스웨터의 꽃 자수는 경이로울 정도로 섬세하고, 예뻤다. 아, 이런 걸 팔기도 하는구나. 그날 이후 나에게 엄마의 마술은 그냥 옷값을 아끼려는 안타까운 손놀림으로 보였다. 손으로 뜬 옷과 목도리를 촌스럽다며 던져버리고 공장에서 만든 혼방 목도리를 사달라고 투덜거리던 기억. 그렇게 쟁취한 목도리는 엄마가 손수 떠준 목도리보다 까슬거리고, 목에 착 감기지도 않았지만 그게 더 좋아 보이던 철없던 시절이다.

이제는 다시 스웨터를 떠줄 엄마도, 혼방 목도리를 사줄 아버지도 세상에 안 계신데 울 100퍼센트가 까슬거린다며 투덜거린다. 시계가 돌고 돌아 레트로와 아날로그, 핸드 메이드 열풍이 불면서 제일모직에서 505 털실이 뉴 505란 이름으로 다시 나오지만 505 털실은 나에게 추억 속 소품 이상의 매력은 없다. 이미 섬유의 보석이라 부르는 캐시미어를 알아버렸다. 다시 까슬함의 세계로 돌아갈 수 없다.

우리 옷을
사지 마라

문제는 가격. 전 세계 캐시미어 생산량은 만오천여 톤밖에 안 된다고 한다. 중국이나 몽골 지역에 사는 산양의

속 털을 빗질해서 얻으니 한 마리에서 많아야 500그램 정도의 캐시미어가 나오는데 거기서 다시 불순물을 제거하고 나면 120~150그램 정도라고. 전 세계의 공급 상황이 이 정도이니 캐시미어 100퍼센트 스웨터 하나가 30만 원 선이면 가격이 너무 착하게 나왔으니 이 기회를 놓치지 말라고 판매사원이 너스레를 떨 만한 가격이다.

비싼 가격에도 캐시미어는 전 세계적으로, 특히 우리나라에서 인기가 좋다. 캐시미어가 10퍼센트만 섞여도 '캐시미어 코트'란 이름을 붙이면 고가에 판매가 된다. 일부에서는 캐시미어의 대량 소비에 걱정의 시선을 던진다. 이들은 '몽골 사람들이 경제적 가치가 높은 캐시미어를 생산하기 위해 산양을 사시사철 대량 방목하기 시작해 한겨울에도 산양들이 초원의 풀뿌리까지 캐먹어 초지가 황폐화되면서 몽골의 사막화 속도가 가속화되고 있다'며 캐시미어 소비에 제동을 걸고 있다.

지구 환경을 보호하기 위해 캐시미어를 입지 말자 하니, 그럼 모나 면 소재의 옷만 입으면 될까? 화학섬유로 만든 옷을 입는 것도 환경 보호에 도움이 되는 것은 아니다.

어찌 보면 '우리 옷을 사지 마라'고 광고 문구를 만들면서까지 환경에 대한 책임을 강조했던 파타고니아의 주장대로 옷을 사는 걸 최대한 자제하고, 우리 엄마들이 했던 것처럼 입던 옷을 잘 손질해서 오래오래 잘 입는 게 최선의 방법이라는 생각이 든다. 유행에 뒤처지지 않으려고 한 철 입고 버려도 된다는 생각으로 옷을 소비하던 데서 벗어나 이제는 유행을 따르는 것보다는 그저 일 년에 한 벌을 사더라도 좋은 소재로 만든 것, 내 몸에 맞아 편안한 옷을 입고 싶어진다.

~

화장을
지우고

~

메이크업을 안 하니 화장대가 넓어지
고, 외출 준비하는 시간이 확 줄었다.
단, 스킨케어에는 공을 들인다.

내가 어렸을 때 애독하던 잡지는 〈소년중앙〉과 〈향장〉이었다. 매달 25일쯤이면 〈어깨동무〉, 〈새소년〉, 〈소년중앙〉 중에서 어느 것을 살까 망설였다. 부록에 따라 가끔 흔들리긴 했지만 정영숙 만화가의 〈베르사유의 장미〉 뒷이야기가 궁금해서 대부분 〈소년중앙〉을 골랐다. 그 시절부터 나는 세상의 오만 가지 정보가 내 눈높이에 맞게 들어 있는 잡지가 좋았다.

또 하나는 〈향장〉. '아모레퍼시픽'이 '아모레'이던 시절에 아모레 아줌마가 화장품과 함께 갖고 오시던 아모레의 사외보였다. 〈향장〉에는 당대 최고 여배우의 표지 사진을 앞세워서 아모레의 신제품 정보와 화장법 등의 정보가 들어 있었다. 화장보다는 거기 실린 예쁜 언니들의 사진, 최신 유행정보, 연재소설과 수필, 화장법 등을 사진과 삽화로 알기 쉽게 설명해 놓은 게 재미있었다.

화장이나 화장품보다는 콘텐츠를 다루는 기술에 매료되었던 듯하다. 여성지는 이렇게 만들어야 한다는 기본 상식은 거기서 다 배웠다. 요즘 'K-뷰티'라 해서 외국에서 한국 여성들의 고운 피붓결과 화장술을 칭찬한다. 단언컨대, 이 공은 〈향장〉에게 돌아가야 한다. 1950년대부터 화장의 저변 확대를 위해 다양한 콘텐츠를 담아 전국민에게 무료 배포해온 〈향장〉 덕분에 어릴 적부터 피부 관리와 메이크업 교육이 충분히 이뤄졌기 때문이다.

〈향장〉에서 배운 화장법으로 지식은 충만했으나 정작 화장은 대학교 3학년이 지나서 시작했다. 스킨케어부터 아이 섀도와 립스틱까지 남들 하는 정도는 다 해서 당시 사진을 보면 다 눈두덩이 시퍼렇다.

잡지사에 들어오니 뷰티 정보가 차고 넘쳤다. 제품을 사용해봐야 기사를 쓸 수 있으니 뷰티 담당자들은 늘 뷰티 브랜드에서 보내오는 신제품을 가장 먼저 받았다. 스킨케어 제품의 화이트닝 효과, 안티에이징 효과, 리프팅 효과 등은 물론이고, 메이크업 제품의 발색력, 사용 편리성 등 셀 수 없이 많은 정보와 제품의 홍수 속에 살았다.

회사를 그만두고 가장 먼저 한 일은 메이크업을 안 하기로 한 것이다. 차리고 나갈 일이 줄었고, 품위 유지할 일도 줄어서. 눈썹은 수시로 정리해서 펜슬로 보완만 했고, 올인원 쿠션 팩트로 자외선 차단과 잡티를 가리는 정도로, 그리고 립글로스만 발랐다. 그렇게만 해도 화장대 위가 3분의 1로 줄었고, 화장하는 시간도 5분이 안 걸렸다. 클렌징 시간도 더 줄었다.

스킨케어는 공을 들였다. 아이크림과 영양크림은 중요하니 효과 좋은 고급 제품으로, 많이 쓰는 스킨과 로션은 가성비 좋은 중저가 브랜드 제품으로, 썬 크림은 자외선 차단지수 SPF 50, PA++ 이상의 피부과 제품으로 골랐다. 쿠션 팩트와 마스크 팩은 홈쇼핑에서 가격 좋을 때 한꺼번에 사두고 쓴다. 마스크 팩을 자주 하고, 스킨케어 숍은 두어 군데 쿠폰을 끊어 놓고, 돌아가면서 일주일에 한 번은 꼭 가려고 노력한다.

사진을 찍거나 중요한 일이 있을 때는 메이크업 서비스를 하는 전문 매장에 가서 메이크업을 받는다. 완전히 다른 사람처럼 변신시켜주는 재주들이 있어서 가끔은 기분전환을 위해서 이용하기도 한다.

생전에 엄마는 90세 연세에 동네 경로당 갈 때도 곱게 화장하고, 머리도 단장하고 집을 나서던 분이라 이렇게 맨 얼굴에 운동화 끌고 나서는 나를 보면서 혀를 끌끌 차셨다. "가꾸고 나서면 갑자기 누굴 만나도 부끄럽지 않고 좋을 텐데, 여자애가 왜 그렇게 사내처럼 하고 다니는지 모르겠다"고.

나는 누구에게 잘 보이려고 화장을 하고, 예쁘게 차려입은 적이 없는데 엄마는 왜 그렇게 이야기를 하셨을까? '내가 노란 원피스를 입으면 ○○가 예쁘게 봐주겠지', '화장을 곱게 하면 ○○가 나를 달리 대하겠지?' 그런 생각은 해본 적이 없다. 내가 잘 보이고 싶었던 것은 다른 사람보다 '나'였다. 내 모습이 내 맘에 들어야 뭐든 할 수 있었다. 내 눈에 후줄근한 모습으로 지내는 하루는 내 모습처럼 후줄근하게 하루가 마무리되었다.

아침 일찍 거울 앞에 선 내 모습이 내 눈에 좋아 보이면 되는 것이다. 메이크업을 하면 할수록 과장된 내가 좋았던 시절이 있었던 거고, 지금은 메이크업을 안 하는 내가 좋다. 그때는 틀렸고, 지금은 옳은 게 아니라 그때는 그게 옳았고, 지금은 이게 옳은 거다.

엄마도 살아봐서 아실 텐데, 너무 오래전이라 잊으셨나 보다. 50세가 넘은 어느 날부턴가 내 몸속의 테스토스테론 수치가 에스트로겐 수치를 넘어서면서 내 안의 나긋나긋하고 꾸미길 좋아하던 여자애는 사라져버리고, 호탕한 중년 남성이 자리 잡았다는 걸. 에휴, 석류즙이나 사러 가야겠다.

⌒

내 주름
사랑하기

⌣

마음은 우리가 가는 곳을 보여주는 지
도이고, 얼굴은 우리가 갔던 곳을 보여
주는 지도란다. -영화 〈원더Wonder〉

내가 크림과 마사지에 집중한 이유는 늙어도 얼굴에 손을 대지 않겠다는 나만의 소신 때문이다. 지금까지 보톡스나 필러, 레이저 같은 시술은 한 번도 받은 적이 없다. 아는 피부과 의사들은 보톡스가 단점을 보완해주는 거니 공짜로 놔주겠다는 데도 왜 그렇게 고집을 피우냐며 이상하게 본다.

중력의 법칙에 의해 나이가 들수록 피부가 처지는 것은 당연한 거고, 부작용 없이 과학의 힘으로 탱탱함을 유지시킬 수 있다면 그걸 받아들이는 게 지혜로울 수도 있다. 조금 어색하긴 하지만 피부과 다녀오면 눈에 띄게 예뻐지는 지인들을 보며 눈으로 확인도 했다. 그런데도 잘난 소신이 굽혀지지 않는다.

아침에 일어나 거울을 보면 내가 봐도 실망스러울 때가 많다. 내가 기억하는 내 얼굴은 이십 대의 탱탱하고 뽀얀 얼굴인데 거울 속에는 양쪽 볼을 아래로 쭉 잡아당긴 듯 축 늘어지고, 눈두덩이 덮여 쌍꺼풀은 온 데 간데 없고, 곳곳에 거뭇한 점들은 칙칙한 무늬를 만들고 있다. 내 젊음은 어디로 가버린 것일까? 실망한 중에도 물을 끼얹어 뽀드득 얼굴을 씻는다. 씻으니 눈곱만큼 나아 보인다. 아니, 낫다고 생각한다.

내 얼굴에 내 나이가 보이는 것이 당연하다. 날로 먹은 것이 아니고 하루하루를 성실하게 보내서 채워온 나이인데, 그 시간의 흔적이 남아 있는 얼굴이 자연스러운 거 아닐까? 그것이 비록 '처짐'이고, '주름'이고, '검버섯'이라서 피부가 동년배들에 비해 더 늘어지고, 주름지고, 칙칙하더라도 그게 내 삶의 기록이 되면 좋은 거 아닐까?

주름 가득한 얼굴에 자애로운 미소를 띠고 아프리카의 어린이들을 돕던 배우 오드리 헵번Audrey Hapburn, 주름 따위는 관심도 없다는 듯 당당한 포즈로 카메라 앞에선 작가 조안 디디온Joan Didion, 멋진 옷차림으로 99세의 나이에도 패션 아이콘 자리를 차지하고 있는 디자이

너 아이리스 아펠Iris Arpel의 얼굴에서 주름은 오히려 장점으로 작용한다.

영화 〈원더〉에서 엄마 역을 맡은 줄리아 로버츠Julia Roberts가 했던 말이 떠오른다. "마음은 우리가 가는 곳을 보여주는 지도이고, 얼굴은 우리가 갔던 곳을 보여주는 지도란다."

주름 하나하나에 집착할 것이 아니라 내 얼굴의 표정, 전체적 분위기를 더 매력적으로 만들려고 노력하는 게 맞다. 구태의연하게 내면이 아름다워야 외면도 아름다워진다는 이야기와는 조금 다르다. 아침마다 거울을 보며 내 주름의 숫자와 방향에 실망할 것이 아니라 눈을 크게 뜨고 입꼬리를 한껏 올려서 주름의 끝을 하늘로 날려버리는 노력이 필요하다.

아침 명상을 할 때, 기본자세는 편하게 앉아서 어깨에 힘을 빼고, 얼굴에 미소를 띠는 것이다. 신기하게도 이렇게 하면 얼굴에 긴장이 풀리면서 기분이 좋아진다. 얼굴에 미소를 띠려고 양쪽 입꼬리를 위로 올리면 마치 끈이 달린 듯 마음의 양끝이 따라 올라가면서 가슴이 열리고 주름이 펴지는 기분이 든다. 그리고 그 기운이 온몸에 퍼진다. 그 느낌이 좋아서 생각날 때마다 얼굴에 미소를 올려본다.

그리고 밤에 자기 전에 깨끗하게 세수를 하고, 마스크 팩 한 장을 얹어 10분 정도 두었다가 걷어내고는 크림을 듬뿍 찍어서 열심히 두드린다. 그리고 거울 속의 나에게 다시 한 번 싱긋 미소를 보낸다. '오늘도 잘 살았네' 하면서.

그레이 헤어라는
선택

바닥에 떨어진 머리카락 한 무더기를
보니 가슴이 메어진다. 서리태를 듬뿍
올리고 콩밥을 지었다.

요즘은 사람들 머리카락만 본다. 머리숱이 많은 젊은 아가씨들을 보면 그렇게 부러울 수가 없다. 나도 한때는 머리 한번 묶으려면 고무줄 두 번 돌리기가 버거울 정도로 숱이 많았는데 이제는 세 번 돌리고도 살짝 헐거우니 나이는 머리카락이 보여주는 듯해 서글프다.

언니들이 그런 얘기를 많이 했다. 젊어서는 이목구비 예쁜 게 미인이고, 중년에는 피부가 탱탱하고 빛이 나야 미인이고, 나이 들어서는 머리숱 많은 게 진짜 미인이라고. 그래서 젊었을 때부터 모발에 투자해서 관리해야 한다고. 미장원이란 곳을 일 년에 한두 번 갈까 말까 하는 나는 그런 얘기를 귓등으로 들었다. 어느 날 머리를 감았더니 빠진 머리카락이 욕조 바닥을 새까맣게 덮은 걸 보기 전까지는.

대책이 필요했다. 머리카락을 헤집어 두피 상태를 확인했다. 중간중간 불그스름한 트러블이 보였다. '그럼 그렇지, 두피에 잠시 문제가 생긴 거야. 내가 탈모일 리 없어. 두피 케어 몇 번 받으면 나아질 거야.' 미장원에 가서 의논하니 기계를 갖고 와서 여기저기 찍어보고는 두피에 염증이 있어 탈모를 유발하고 있다고 했다. 가슴이 철렁 내려앉았다. 내가 탈모라고? 얇은 귀를 팔랑거리며 10회 두피 케어 쿠폰을 우선 끊었다.

그날부터 머리를 빗을 때도 살살 빗고, 머리 감을 때 샴푸를 완전히 씻어내고, 틈만 나면 양손으로 두피 마사지를 하고, 헤어드라이어도 제일 좋은 것으로 바꿨다. 그런데도 머리카락은 여전히 바닥을 새까맣게 덮었다. 이러다가 몇 올 안 남게 생겼다. 나도 스칼렛에 가서 부분 가발을 맞춰야 하나, 하이모에도 여성용 가발이 괜찮다는데. 아예 모발이식을 할까? 엄청 아픈데 효과는 좋다니. 그런데 너무 비싸단다. 사방에서 얻어들은 정보를 모으기로 했다.

우선 정기적으로 다니는 병원에 가서 이 상황을 얘기

하니 단백질 부족이란다. 몸 전체에 단백질이 부족하니 머리카락, 손끝, 발끝까지 갈 여분이 없다는 것. 그래서 단백질을 보충하는 영양제를 먹기로 했다.

손미나 아나운서가 전에 머리숱이 너무 많아서 고민이라던 게 생각나 비결을 물었더니 "어릴 적부터 원래 숱이 많아요. 특별히 뭘 하는 건 없는데 뭐든 잘 먹어서 그런 것 같아요." 그녀가 뭐든 잘 먹는 건 인정. 그래, 이것저것 먹어보자.

집에 오는 길에 백화점에 들러 두피 보호에 좋은 빗을 사고, 탈모를 줄여준다는 샴푸와 비누, 그리고 서리태를 잔뜩 샀다. 밥을 지을 때 서리태를 쌀알이 안 보일 정도로 덮어서 밥을 했다. 평생 좋아한 적이 없는 콩을 내 손으로 사서 콩밥을 짓다니.

하루아침에 될 일은 아니라고 들어서 마음을 비우고 관리했더니 숭숭 구멍 뚫린 듯했던 머릿속이 조금 채워진 기분이 들었다. 기분만 그랬다. 여전히 머리를 감으면 머리카락이 수백 개씩 떨어졌다.

그렇게 머리카락을 위해 할 수 있는 걸 다 했다. 아플 때 여러 가지 약을 먹으면 어떤 약이 효능이 있었는지 알 수 없듯이 어떤 노력 덕분에 나아졌는지는 모르겠지만 몇 달 전에 비하면 머리카락이 덜 빠지긴 한다. 손으로 잡아보면 여전히 한 줌도 벙벙하지만.

흰 머리의
묘한 매력

흰 머리는 얼굴 주름과 마찬가지로 인생의 훈장이라 믿어왔다. 나이가 들어도 염색하지 않고, 흰 머리를 그대로 고수하며 자연스럽게 몸의 변화를 받아들이겠다고 주장해왔다. 염색을 안 하고 흰 머리 그대로 세련된 스타일을 유지하는 유명인들에게 박수를 보내왔다.

그런 내 눈에 내 흰 머리가 눈에 들어오기 시작했다. 또래들보다는 흰 머리가 적다고 자만했는데 머리숱이 줄어드니 앞쪽에 모여 있는 흰 머리가 도드라져 보이는 거다. 전에는 빨리 머리가 하얗게 되기를 기다렸는데,

이제는 그게 신경이 쓰인다. 왜냐하면 숱이 적은 흰 머리를 예상하지는 못했으니까. 머리를 묶고 지내면 머리숱이 더 빠진다기에 아예 단발로 자르고 펌을 했다. 그랬더니 고무줄 세 번 돌리며 느끼던 서글픔이 없어졌다. 펌을 하니 머리숱은 많아 보이고, 흰 머리는 덜 보였다.

나는 흰 머리를 보면 '늙었구나'보다는 '나이가 들었으니 더 여유가 있겠구나' 하는 생각이 먼저 든다. 책을 읽어서 배운 것도 중요하지만 수십 년의 매일매일을 살아내면서 배운 것의 가치가 더 무거움을 알기 때문이다. 핏대 세우면서 안간힘을 써도 안 풀리던 일이 시간이 지나며 스르르 풀어지는 것을 열 번쯤 겪고 나면 알게 되던가? 한 땀 한 땀 모은 노력이 언젠가는 반드시 결실을 맺는 것을 스무 번쯤 경험하면 알게 되던가? 머리가 하얘질 정도의 나이면 나이를 먹으면서 배운 것들이 있어서 급히 서두르거나 억지로 이루려 하지 않는다.

또 하나는 '자신의 외모를 가꾸는 데 게으르다'보다는 '자연에 순응하는구나' 하고 생각한다. 외모를 가꾼다는 게 누구를 위한 것일까? 젊었을 때는 나를 보는 이성의 눈을 의식하며, 친구들과 비교하며 나의 외모를 가꾸는 데 공을 들였지만 어느 순간 다들 알게 된다. 예쁜 스웨터를 사고, 반짝이는 하이힐을 신고, 영롱한 진주 귀걸이를 하는 것은 결국 내 맘에 들기 위해서라는 걸.

그리고 시간이 지나면서 정말로 내 맘에 들게 하려면 겉치레가 아니라 내 몸의 변화를 받아들이고, 거기에 어울리게 옷을 입어야 한다는 것도. 억지로 까만 칠을 해서 젊음을 가장하지 않아도 된다. 조금씩 바래가는 머리카락은 시간의 흐름에 따르는 것일 뿐, 하얗거나 잿빛이거나 내 몸이 주는 그대로 받아들이는 것이 중요하다.

〳

노브라,
한번 해봐

〵

겹겹이 입었던 보정 속옷으로부터 벗어
나고 있다. 올인원, 코르셋, 거들. 이제
마지막 단계에 들어섰다.

남녀 불문하고 속옷은 의생활의 기본이다. 태어나서 처음 입었던 배냇저고리부터 지금까지 하루도 빠짐없이 24시간 몸에 붙이고 지내는 속옷은 땀을 흡수하고, 체형을 보정하고, 피부와 겉옷 사이에서 완충역할을 하는 고마운 옷이다. 그런데도 남의 눈에 보이지 않는다고 겉옷보다 속옷에 대한 관심이 소홀한 경우가 많다. 나 역시 그랬는데, 나이 들면서 바뀌었다. 겉옷만큼 속옷도 중요하다. 어쩌면 속옷이 더 중요할지도 모른다. 이건 남녀불문이다.

어릴 적에는 선택의 여지없이 엄마의 필요에 의해서, 푹푹 삶아서 하얗게 빨 수 있는 면으로 된 속옷을 주로 입었다. 회사를 다니게 되어 내 손으로 속옷을 사면서, 내 속옷은 기능보다 모양 위주로 바뀌었다. 브라는 형태보다는 레이스 모양에 따라서, 팬티 역시 색깔이나 무늬만 보고 골랐다. 소재가 면인지, 화학섬유인지는 보지도 않았다. 하긴 젊음이란 뭘 입어도 다 괜찮고, 다 좋아 보이는 법.

가끔씩 화학섬유로 된 속옷 때문에 피부 발진이 일어나기도 하고, 체형에 맞지 않는 브라를 해서 자꾸 어깨 끈이 흘러내리거나, 스웨터나 블라우스를 입었을 때 가슴선이 울퉁불퉁 해지는 등 속옷을 소홀히 생각해서 불편함을 겪는 일이 잦아지면서 속옷을 고르는 데 점점 신중해졌다.

그러던 차에 친구 하나가 속옷 이야기를 꺼냈다.

"난 속옷을 꼭 아래 위 세트로 입어야 맘이 편해."

다른 친구가 깔깔 웃으며 대꾸했다.

"이 나이에 남편한테 잘 보이려고?"

"그럼, 잘 보여야지. 호호호. 그건 아니고 나 저번에 아파서 갑자기 응급실 간 적 있잖아. 그날따라 한 번 더 입고 버리려고 헤진 속옷을 입었거든. 그때 간호사들이 와서 날 챙기는데, 어찌나 창피한지. 그때부터 언제 무슨 일이 생길지 모르니 속옷은 잘 챙겨 입게 되더라."

친구 이야기처럼 꼭 그런 일에 대비해서는 아니지만 속옷은 잘 입어야 할 이유는 여러 가지가 있다. 먼저 소재는 면이나 실크 같은 천연 소재를 골라야 피부에 자극이 없어 몸을 자유롭게 움직일 수 있다.

둘째, 브라는 자기 체형에 맞는 것을 입어야 한다. 섹시해 보인다고 레이스 모양만 볼 것이 아니라 가슴을 잘 받치는지, 옆 살이 튀어나오지는 않는지, 앞이 파인 옷을 입었을 때 가슴골을 어느 정도 가리는지 등 구입할 때 반드시 입어보고, 점원의 조언도 들어보는 게 좋다.

팬티도 마찬가지. 엉덩이를 잘 감싸주는지, 밴드 부위가 치마나 바지에 도드라져 보이지는 않는지, 혹시 모를 분비물을 흡수할 수 있는 소재를 사용했는지 등을 살펴보아야 한다.

브라가
뭔데?

    한창 일할 때는 정장을 입어야 해서 보정 속옷을 갖춰 입었지만, 캐주얼 옷을 입으니 보정 속옷을 입을 필요가 없어졌다. 브라와 팬티만 챙기고 코르셋이나 거들 등 다른 속옷은 반 이상 버렸다. 출퇴근의 압박에서 벗어나니 점점 더 생활이 느슨하게 변했고, 몸도 느슨하게 되었다. 신기하게도 몸이 느슨해지자 마음도 함께 느슨하고 유연해졌다. 내친김에 브라도 벗어볼까?

    아마도 브라 회사에서 만들어낸 이론이겠지만, 나는 오래전부터 브라를 안 하면 가슴이 점점 늘어진다는 이야기를 듣고, 잘 때도 브라를 하고 잤다. 24시간을 브라를 착용하고 지냈다. 자기 전에 브라를 풀기 시작한 게 불과 10년 전이다. 등의 후크 느낌 없이 아주 편하게 잠이 들었고, 하루라도 빨리 벗고 자지 않은 걸 후회했던 기억이 있어서 결심은 쉬웠다.

    '여성해방'의 상징과도 같은 노브라로 며칠을 살아보

았다. 주말을 노브라로 보내니 아주 편해서 월요일 아침에 마음먹고 노브라를 유지하기로 했다. 열네 살 때 이후로 한 번도 해본 적이 없는 일이었다. 현관 앞에서 머뭇거리다가 거울을 보았다. 마침 두툼한 상의를 입는 겨울이었고, 가슴이 아주 큰 편도 아니어서 나의 노브라를 눈치 챌 사람은 없어 보였다. '내가 편한데, 뭘 신경 써?' 하면서 집을 나섰다.

그런데 안 편했다. 하루 종일 신경이 쓰였다. 남의 눈이 아니라 내가 불편했다. 움직일 때마다 가슴이 흔들려서 상반신이 제멋대로 움직이는 느낌이었고, 사람 많은 엘리베이터에서는 누가 닿을까 싶어 팔로 가슴을 가려야 했다. 게다가 저녁에 샤워를 하면서 보니 평소보다 가슴이 더 처져 보였다. 사실 늘어질 것도 없는데 나도 모르게 브라를 해야만 할 핑계를 찾고 있었던 것이다.

평생 내 가슴을 꼭 조여온 브라에서 막 벗어났는데, 그 자유로움이 불편해서 다시 브라 생각이 간절하다니. 다행히 그다음 날은 더 편했고, 다음다음 날은 더 편해지긴 했다. 하지만 완전히 편하지는 않았다. 무모한 고

집스러움 때문인지, 자세도 어딘지 흐물흐물해 보였다.

　며칠을 노브라로 지내던 나는 마침 정장을 입을 일이 생겨서 자연스레 다시 브라를 착용했고, 브라에 대한 나의 반란은 그렇게 허망하게 끝이 났다. 그래도 그 이후 하루 중 브라를 착용하는 시간은 전에 비해 훨씬 줄어들었다. 머지않아 '브라가 뭔데?' 하면서 노브라로 일상을 살고 있을 내 모습이 눈에 훤하다. 나와는 다를 수도 있으니 남의 눈치 보지 말고, 나를 위해, 내 몸의 자유를 위해 한번 시도해보시라.

매일 하나씩
새로운 일

하루의 3분의 2를 자기 마음대로

다 쓰지 못하는 사람은 노예다.

-니체

⌒

내 귀에
라디오

⌣

눈길을 주지 않아도 되고, 손으로 받들
지 않아도 된다. 하루 종일 내 마음을
위로하는 음악과 이야기를 들려주는
것, 라디오.

아침에 일어나면 라디오부터 켠다. 채널을 93.9, CBS-FM에 맞춘다. 종교적 이유와 관계없이 귀에 순한 음악들이 나오고 DJ의 대사가 호들갑스럽거나 지나치지 않아서 배경음악으로 켜놓고 지낸 지 여러 해다. 방송국에는 미안하지만 광고가 많지 않고, 게스트가 거의 없다는 것도 내게는 장점이다. 일반 음원 스트리밍은 하루 종일 음악만 나오는 것은 좋지만 시간 변화를 느낄 수가 없어서 라디오를 선호한다. 매시간 개성이 다른 DJ들이 돌아가며 방송을 하니 집안일을 하다가 DJ 목소리만 들어도 '아, 지금 몇 시구나' 하고 알 수 있으니 일거양득이다.

일 년 내내 온 가족이 재택근무를 했던 지난해는 정말 라디오가 우리 집에서 큰일을 했다. 매일 열두 시간씩 어김없이 다양한 음악과 사연을 보내줬으니. 남편과 공통 추억이 있는 시절의 이문세 노래가 나오면 오래전 그날에 대한 이야기를 나누기도 하고, 좋아하는 댄스곡이 나오면 거실로 달려 나와서 몸을 흔들기도 하고. 음악은 감정을 증폭시켜주는 앰프 역할을 해서 한두 소절만으로 순식간에 우리를 십여 년 전의 기억 속 장소로 데려가기도 했다.

라디오는 TV나 유튜브와 달리 몸을 움직여 내 일을 하면서도 음악이나 이야기를 들을 수 있어 좋은 매체다. 내 몸이 얽매이지 않아서 좋다. 또 밖에서 나는 소리를 중화해주는 백색소음의 역할도 한다. 내가 서재에서 일을 할 때 가족들이 거실에서 TV를 보더라도 라디오를 켜 놓으면 굳이 문을 닫지 않아도 TV 소리에 신경이 쓰이지 않는다.

학교 다닐 때 라디오를 켜 놓고 공부하면 엄마는 '집중이 되겠냐?' 며 잔소리를 하셨다. 그게 백색소음 역할을 해서 밖의 일에 신경 쓰이지 않는다고 하면 이해가 안 간다며 머리를 흔들며 나가곤 하셨다. 물론 〈별이 빛나는 밤에〉, 〈밤을 잊은 그대에게〉 이런 거는 늦은 밤까지 책을 밀어 놓고 집중해서 들었으니 엄마 말이 틀린 것도 아니었다. 황인용, 송승환, 김기덕, 이문세 방송을 듣다가 불현듯 사연을 보내고 싶어서 엽서를 보내기도 하고, 라디오에서 흘러나오는 팝송 가사를 받아 적기도 하고, 라디오가 위로였던 시절 이야기다.

어쨌든 아침 시간에는 맑고 똑 부러지는 톤의 김용신 아나운서 목소리와 함께 귀에 익은 음악이 흘러나온다. 〈그대와 여는 아침〉은 오래된 올드 팝부터 최신 팝까지 출근길에 듣기 좋은 부드러운 선율과 함께 하루가 시작된다. 클리프 리차드, 아바, 카펜터스 등 아침 준비하면서 같이 흥얼거릴 수 있는 노래부터 저스틴 비버, 아리아나 그란데의 최신 곡까지 다채로운 팝이 이어진다.

다정한 목소리로 김용신 아나운서가 "오늘 하루도 당신 거예요" 하고 방송을 끝내면 9시부터는 배우 강석우의 〈아름다운 당신에게〉가 시작된다. 클래식 선율에 귀 호강을 하다 보면 어느새 영화 OST가 흐르는 〈신지혜의 영화음악〉이 이어지고, 가수 이수영의 활기 넘치는 목소리와 함께 신나는 가요가 들려오면, '아, 12시구나' 하고 일어나 점심 준비를 한다.

　오후에는 한동준의 〈FM Pops〉, 박승화의 〈가요 속으로〉가 이어지고, 배미향 PD의 〈배미향의 저녁스케치〉는 퇴근할 때 운전하면서 듣기 시작해 지금까지 10년 넘게 애청하고 있는 프로그램이다. 이분의 목소리는 진짜 매력적인 노을빛이다. 하루의 피로를 풀어주는 추억의 팝송들이 나오면 이제 하루를 마무리할 시간. 저녁 준비를 하고 식사를 끝내면 라디오를 끄고 TV를 켠다.

⌣

함께 읽으면
행간이 보인다

⌣

독서 모임을 하니 내가 찾아내지 못했
던 보석 같은 책을 추천받고, 혼자 읽을
때는 미처 몰랐던 해석을 듣게 된다.

지하철 3호선을 타고 경복궁역에서 내리면 내가 좋아하는 곳들이 잔뜩 모여 있는 곳, 서촌이다. 통의동 보안여관, 대림미술관, 파스타집 두오모, 딤섬집 티엔미미, 옥인다실에 가려고 서촌에 자주 간다. 나지막한 한옥들 사이로 꼬불꼬불 골목길을 가다 마주치는 작은 식당, 소품가게들이 좋다. 전생에 여기 살았나 싶을 정도다.

한번은 서촌의 책방을 취재할 일이 있어 조사를 했더니 서촌에만 책방이 열 곳이 넘었다. 작은 지역에 서점이 많은 게 신기해서 자료를 살펴보면서 서촌의 매력에 더 빠져들었다.

서촌은 조선시대부터 재주 많은 중인들이 살던 곳으로 경복궁의 서쪽이라 하여 '서촌'이라 부르는 곳이다. 효자동, 체부동, 통의동, 적선동, 옥인동이 모두 서촌으로 통칭된다. 세종대왕과 안평대군, 효령대군 등 문예에 능했던 왕자들이 기거했던 곳이기도 하고 추사 김정희와 겸재 정선 등 조선의 위대한 예술가들이 활동했던 곳이다.

서촌에 살던 중인들이 모여 만든 시 모임 '송석원시사松石園詩社'가 갈수록 성황을 이뤄 중인들이 참여해서 지은 한시인 '여항문학閭巷文學'이란 장르가 탄생했을 정도로 문예의 기가 강한 곳이다. 1900년대 초에는 시인 윤동주가 옥인동에, 시인 이상이 통인동에 살았고, 동인지 〈시인부락〉이 통의동 보안여관에서 시작된 것도, 수백 년 넘게 이 지역에 감도는 문학의 향기 때문이 아닐까 한다.

그래서인지 지금도 이 동네에는 유난히 독립서점이 많다. 인문학 서점인 길담서원과 역사책방, 보안책방과 서촌 그 책방, 디자이너들의 아카이브인 북소사이어티, 이라선, 앨리스슈가 등 개성 가득한 서점들이 많아서 취재하는 동안 즐거웠고, 서점마다 들러 구입한 책들은 다양한 영감을 선물해주었다.

그중에서 가장 인상적이었던 곳이 '서촌 그 책방'이다. 한옥의 일부를 상업공간으로 만든 길쭉한 공간에 들어서니 생각보다 많은 책이 꽂혀 있었다. 에세이, 소설, 시집마다 포스트잇이 붙어 있고, 거기에는 그 책에 대한 내용과 읽은 분의 감상이 손 글씨로 빼곡하게 적혀 있었다. 책을 고를 때 중요한 포인트를 짚어주는 이 메모가 아주 요긴했다.

어떻게 이 시스템이 가능한지 여쭤보니 서점에서 독서 모임을 운영하고 있다고 했다. 마침 독서 커뮤니티 트레바리를 비롯해 공유 공간에서의 소규모 독서 모임이 불붙듯 확산되고 있던 시기여서 귀가 쫑긋했다.

한 달에 한 번, 정해진 책을 읽고 와서 읽고 난 소감과 읽으면서 이해가 안 갔던 부분에 대해 이야기를 나누며 이해도를 높이는 독서 모임이라 했다. 문학의 향기 그윽한 서촌, 그것도 한옥 서점에서의 독서 모임, 듣기만 해도 매력적이었다. 그 자리에서 반 년치 등록을 하고 읽을 책을 들고 왔다.

참 오랜만이었다. 책을 읽으면서 소감을 나누는 일.

초등학교 4학년 때 고전읽기반에 들어가서 당시 청소년 필독서로 만들어진 초록빛 표지에 와당 무늬가 그려진 《삼국유사》,《그리스로마신화》등 선생님이 주신 목록대로 책을 읽고, 예상 문제를 풀고, 독후감을 쓰는 전투적 독서를 했던 기억. 덕분에 독서와 독후감 쓰기는 나의 평생에 걸친 일상이 되었다.

한옥 책방
서촌 그 책방의 독서 모임

한옥 책방 서촌 그 책방의 독서 모임은 스무 개 정도가 있다. 수요일부터 토요일까지 매일 한 팀씩 독서 모임이 있어 첫째 수요일반, 둘째 토요일반, 셋째 목요일 밤반 등 요일별로 팀이 짜여 있다. 오랫동안 독서 모임을 운영하다가 2017년 여름에 서점을 연 하영남 선생님이 모임 리더로 매달 한 권의 책을 정해서 그 책을 갖고 토론을 한다.

나는 세 번째 목요일, 삼목반에 이름을 올렸다. 삼목반을 고른 것은 정말 잘한 선택이었다. 다른 사람의 이야기에 진지하게 귀를 기울여주는 따뜻한 눈빛의 팀원들 구성이 좋았다. 특히 매번 통인시장에서 따끈따끈한 떡을 사들고 온 설하님 덕분에 분위기가 어느 팀보다도 따끈따끈, 말랑말랑하게 느껴졌다.

독서 모임의 책들은《단순한 진심》,《우리가 빛의 속도로 갈 수 없다면》등의 소설부터《아침에는 죽음을 생각하는 것이 좋다》,《내가 사랑하는 지겨움》등의 에세이,《옛 그림으로 본 서울》,《식물산책》같은 인문서를 비롯해《뉴스는 어떻게 조작되는가》등 시사 관련 책까지 다양한 관심사를 다루고 있다.

책 한 권 읽고 싶어서 서점에 가면 끝없이 진열된 책들에 질려서, 온라인 서점에서는 더더욱 스스로 책을 고르는 것이 어려운데 서촌 그 책방에서는 선생님이 먼저 책을 읽고 독서 모임에 적당한 책을 골라준다.

처음에 책 추천을 받으면 내 손으로는 고르지 않았을 책이라서 반신반의하면서 읽기 시작하는데 어쨌든 다

읽고 독서 모임을 하면 '왜 진작 이 책을 읽을 생각을 안 했을까?' 라는 말부터 하고 시작하게 된다.

독서 모임에서는 책의 주제에 대한 토론도 하고, 읽으면서 좋았던 문장을 소리 내 읽기도 한다. 각자의 삶의 경험을 들어가며 책의 내용에 대한 깊숙한 의미를 짐작해보기도 한다. 횟수가 거듭될수록 속 이야기도 나눠가면서 책 좋아하는 사람들끼리 깊은 유대가 쌓여갔다.

책은 내가 살면서 절대로 떼어놓을 수 없는 것이지만 어떤 책을 읽는지에 내 생각과 미래가 달라질 수도 있다는 생각을 자주 한다. 내가 읽고 싶은 책만 읽어서는 생각의 전환점이 생길 수가 없다. 독서 모임을 통해 내 손으로 고르지 않았을 책도 읽어보고, 나 혼자 읽으면서는 알 수 없었던 의미를 같이 나누면서 독서의 깊이가 깊어진다.

서촌 그 책방에서의 독서 모임으로 나는 따뜻한 독서 친구를 많이 얻었다. 어디서 독서 모임을 하느냐가 중요한 것은 아니다. 언제, 어디서든 책을 매개로 만나는 모임은 늘 따뜻하고 진지하기 때문이다.

⌒

일기,
나를 보여주는 거울

⌣

내가 좋아하고, 싫어하는 것들을 써보
는 것, 내가 어떤 사람인지 적어가는 것,
그게 일기다.

'일기'라는 단어만 얘기해도 질려 하는 친구들이 있다. 개학을 앞두고 두 달치 일기를 한 꺼번에 쓰느라 고생한 기억이 트라우마가 되어 오래 가 는 거다. 내가 초등학교 때부터 지금까지 일기를 쓰고 있다고 하면 다들 놀란다.

학창시절에는 일기를 검사한다는 것부터 이해가 안 갔다. 일기에는 내가 하루를 보내며 있었던 일과 거기 에서 느꼈던 점 등을 쓰는 건데 이걸 누군가 볼 거라는 전제가 있는 한 어떻게 일기에 진심을 담을 수 있을까? 검사를 받기 위해 쓰는 일기에 누가 속마음을 드러내겠 는가?

그럼에도 우리는 십 수 년 동안 일기를 검사 받았고, 자연스럽게 기록의 습관이 몸 안에 자리 잡았다. 매일 매일 일정한 분량의 글을 앞뒤가 맞거나 말거나 꾸준히 쓰다 보니 문장을 만들고 글의 맥락을 구성하는 게 익숙해졌다. 습관이 힘이 그만큼 중요하다. 글을 잘 쓰시는 분들의 인터뷰를 보면 수십 년 동안 꾸준히 일기를 써왔다는 이야기를 자주 볼 수 있는 게 이런 이유다.

무언가를 매일매일 한다는 것은 쉬운 일은 아니다. 레너드 번스타인이 했다는 말, '하루를 연습하지 않으면 내가 알고, 이틀을 연습하지 않으면 아내가 알고, 사흘을 연습하지 않으면 청중이 안다'라는 말은 음악 연주자에게만 해당되는 말은 아니라 여러 버전으로 변형되어 사용된다. 그만큼 매일매일 뭔가를 하는 게 쉬운 일은 아니다. 가야금 연주자로 유명한 황병기 선생님께서 개인 홈페이지에 하루도 빠지지 않고, 글을 올리시는 걸 보면서 감동한 적이 있다.

나 역시 매일매일 습관처럼 기록을 하는 게 쉽지 않았다. 연초에는 예쁜 다이어리를 사서 장식도 하고, 목표도 세우면서 며칠 열심히 쓰지만 1월을 넘기지 못하고, 백지가 이어졌다. 이런 일이 여러 해 반복되자 나중에는 일기를 쓰겠다는 욕심을 버리고, 짧게 매일 일어난

일, 읽었던 책 등을 메모했다. 주말에는 메모들 중에서 기록해야 할 필요가 있는 것들을 골라 그 기록을 남겼다. 그 기록만도 책장 여러 칸을 차지할 정도로 많다. 가끔씩 필요한 일이 생겨서 그 일기들을 꺼내 읽다 보면 스스로 대견하기도 하고, 어려운 시절을 잘 보내왔다는 안도감도 든다. 일기가 주는 또 하나의 위로다.

말린 쉬위Marlene Schiwy는 《일기여행》에서 '일기 쓰기는 매일 일어나는 일상의 일들을 단순히 기록한다는 의미만 지니는 것은 아니다. 일기 쓰기는 심리적 근원을 향하여 일상의 표피 아래로 우리를 내던지는 생생한 반성의 과정이다. 보다 더 깊은 층위에서 글을 쓰고 있을 때 우리의 삶은 변화한다.

삶의 여정과 일기 쓰기 여행이 서로 뒤섞이면서 삶과 일기는 풍요롭고 서로의 관계는 더욱 긴밀해진다'고 했다. 그러면서 '집중력, 지속성, 반복이 가장 중요한 육체적 운동과는 달리, 분량과 길이와 횟수에 얽매이지 않는다' 고 일기 쓰기의 장점을 지적했다.

나는 이런 사람,
나는 이렇지 않은 사람

그와 함께 일기 쓰기를 시작할 동기 부여를 위해 두 가지 제안을 했다. 먼저 자신의 일기장에 재고 조사의 방식으로 '좋은 것'과 '싫은 것'으로 분류하여 기록해본다. 예를 들면, 좋은 것은 옷 세탁, 부채에서 벗어나기, 카페에 앉아 있기, 새로운 관계를 시작하기, 나에게 줄 차를 준비하는 사람의 찻잔 등이고, 싫은 것은 살찐 느낌, 불결한 내 옷, 감기와 통풍, 점심 먹고 차 마시는 사이의 시간, 우연히 사람을 길거리에서 만나는 것, 자동적으로 "아이들은 잘 있어요?"라고 대뜸 묻는 사람들 등을 써내려 가보라고. 다음은 '나는 이런 사람', '나는 이렇지 않은 사람', '내 희망은……' 등의 말로 시작하는 목록을 작성해보라 한다.

나도 한번 적어보았다.

- 좋은 것: 책 읽기, 부드러운 커피, 반가운 친구의 카

톡, 푸른 하늘, 5월의 작약, 이른 아침의 찬 공기, 바이레도의 집시워터 향기, 바다가 보이는 창, 아무도 없는 전시장.

- 싫은 것: 고추기름, 욕하는 사람, 기름진 음식, 시끄러운 소음, 오래 걸리는 답장, 결론 없는 회의, 밀당.

- 나는 이런 사람: 책 읽을 때 행복한 사람, 친절한 사람, 호기심 많은 사람.

- 나는 이렇지 않은 사람: 남을 불쾌하게 하지 않는 사람. 욕심이 적은 사람, 게으르지 않은 사람

- 내 희망은……: 내가 좋아하는 일을 하며 그로 인해 남들도 행복해지기 바란다. 어제보다 나은 내가 되기를 바란다.

　적다 보면, 나라는 사람의 얼굴이, 몸짓이 머릿속에 그려진다. 내가 좋아하는 것들을 종이에 써 내려가는 그 시간이 의외로 꽤 행복하다는 것도 알게 된다. 그렇게 내가 좋아하고 싫어하는 것들을 써보는 것, 내가 어떤 사람인지 적어가는 것, 그게 일기다.

⌒

몸이 가벼워지는
당일 여행

‿

어느 날 훌쩍, 마음이 가는 대로 떠나보
는 것. 혼자여도 좋고, 같이 하면 더 좋
고. 부담 없이 바람 쐬고 오는 일이 우
리를 회복시킨다.

코로나19의 세계적 유행으로 해외여행이 어려워졌다. 이전에는 방학이나 휴가를 이용해 해외여행을 떠나는 여행객의 숫자는 해마다 신기록을 세울 정도로 증가일로에 있었으나 코로나19가 확산되기 시작한 올해 초부터 해외여행은 꿈도 꾸지 못할 일이 되어버렸다. 국제선 공항청사는 한산해졌고, 비행기들은 계류장에 묶인 지 일 년이 넘었다.

해외여행이 어려워지니 상대적으로 국내여행이 증가해 제주도를 비롯해 국내의 유명한 여행지들이 사시사철 사랑을 받고 있다. 정부의 사회적 거리두기 단계 변화에 따라 차이가 있긴 하지만 전국 방방곡곡 유명한 곳은 물론이고, 새로 알려진 곳에도 사람들의 발길이 끊이지 않는다. 최근 SNS에서 자주 볼 수 있는 문장 중 하나가 '우리나라에 이렇게 좋은 곳이 많았구나!'일 정도로 2020년은 '국내 여행지 재발견'의 해였다.

미국 〈타임〉지에서 여행 전문 기자를 했던 저널리스트 캐롤리나 미란다Carolina Miranda는 현대카드 트래블 라이브러리 큐레이팅을 하면서 '진짜 여행자들은 집에서부터 시작한다. 당신이 사는 도시에서, 당신이 한 번도 가보지 않은 장소를 방문해보고, 한 번도 가보지 않은 카페에서 식사해봐라. 당신이 사는 나라의 국립공원과 멀리 떨어진 지역들을 방문하라. 요즘은 글로벌이 쉽고 오히려 당신이 머무는 곳에 대해 알기가 더 어렵다'고 인터뷰를 남겼다. 2020년은 의도치 않게 그걸 해볼 수 있던 한 해였다.

한 달에 한 번씩 매체에 여행 기사를 기고하는 나로서는 당혹스러운 상황이기도 했다. 보통 여행 기사를 기고하려면 최소한 두어 번은 가본 곳이어야 하고, 처음 가더라도 최소 2~3일은 묵으면서 그 지역의 분위기에 젖어 아침부터 밤까지 일상을 지내보고, 숨은 맛집도 찾아내야 기사다운 기사를 만들 수 있다. 그런데 2020년은 사회적 거리두기 2단계와 2.5단계를 오가는 긴박한 상황이라 여행은 물론이고 외출도 조심해야 했고, 타지에서의 숙박은 고사하고 식사도 맘 편히 하는 게 힘들었던 한 해였다.

방안이라고 강구한 것은 가까운 곳에 가서 머무는 시간을 최소한으로 하고 여러 번 가는 것이었다. 하루 이상 묵던 여행을 대부분 당일 여행으로 바꿨다. 고속철도가 전국적으로 잘 되어 있고, 강원권까지는 도로도 잘 뚫려 있어서 일일생활권이 된 지가 수십 년이니 그리 어려운 일은 아니었다.

서울에서 가까운 양평의 숲 둘러보기, 이천의 가볼 만한 곳 찾아가기, 양양의 서핑 문화 체험하기, 고성의 바다에서 멍 때리기, 고창의 생태 관찰 여행하기, 서산에서 지는 해 바라보기 등이 다 당일 여행으로 가능했다. 아침 일찍 출발해 밤에 돌아오니 여행 짐도 간단하고, 여행 전에 준비할 것도 줄었다.

예전에 여행 한번 가려면 정말 일이 많았다. 겨우 며칠 집을 비우는데도 미리 장봐서 밑반찬 잔뜩 만들어 냉장고에 꽉 차게 채우고, 곰탕이나 커리 등 한 그릇으로 해결할 수 있는 음식도 따로 만들어놓았다. 빨래도 미리 다 해서 건조까지 마쳐서 서랍마다 옷 다 개어 넣고, 집안 곳곳에 챙겨야 할 일들을 메모해서 포스트잇으로 붙여놓았다. 막상 다녀오면 냉장고 음식은 하나도 안 건드린 채 시켜 먹고, 사서 먹고, 알아서 잘 해결하는데도 늘 그렇게 바빴다. 당일 여행을 하니 그런 거 할 필요가 없었다. 전날 '가자!'고 결정하고 새벽에 출발해도 아무렇지도 않은 게 당일 여행이다.

즐겨찾기, 그리고
미니 버킷 리스트

그렇게 쉬운 당일 여행을 하려면 사실 사전 조사가 가장 중요하다. 나는 평소에 가고 싶은 곳을 발견하면 인터넷 지도 위에 '즐겨찾기'를 해놓는다. 지역별로 폴더 만들어서 하나씩 추가하면서 언젠가 가겠다는 희망을 갖고 미니 버킷 리스트를 만든다.

어디를 갈지 결정하면 '즐겨찾기'에서 내가 가려고 계획한 장소들을 찾아서 일정을 짠다. 예전 같으면 여행사 패키지 투어처럼 하루에 열 곳 정도를 숨 가쁘게 도는 코스를 짰겠지만 이제는 한 군데를 가더라도 제대로 가자는 생각에 갈 곳을 서너 곳 정도로 한다. 인터넷 지도 위에서 거리를 측정한 후에 이동 거리가 너무 길어지는 곳은 과감히 제외한다. 다음에 커버하면 되니까.

남쪽 지방을 가면 고속철도로 가서 도착해 역에서 렌터카를 타고 이동하고, 영동 지방은 길이 좋아서 대개 승용차로 이동한다. 새벽에 출발해서 도착하자마자 그 지역 맛집에서 아침을 먹고, 코스대로 천천히 여행한다. 아침에 공기가 좋은 숲을 산책하고, 근방의 카페에서 커피를 마시며 휴식을 취하고 다음 코스로 이동한다.

가다가 농장이 있으면 들어가서 말린 나물이나 된장 등 식재료를 사기도 하고, 오일장을 만나면 장터에서 국밥이나 국수로 점심을 간단하게 먹고 시장 구경을 하며 시골 장에서나 살 수 있는 대나무 채반이나 옛날 성냥 같은 물건들을 사기도 한다. 저녁에 바로 집으로 가는 거라 게장이나 횟감처럼 상하기 쉬운 음식도 저렴한 가격에 마음껏 사올 수 있다. 그렇게 여행을 마치고 돌아오면 몸의 피로도 덜하고, 살짝 아쉬움이 남아서 그 지역에 대해 좋은 인상을 더 많이 갖게 된다.

일이 아니라 그냥 서울 주변의 양평이나 가평, 강화도 등에 다녀오기도 한다. 친구나 동생과 함께 훌쩍 바람 쐬러 가는 여행은 당일 여행이 딱 좋다. 하루 이상 함께하다 보면 어쩌다 싸우게 되는 일도 있는데, 당일 여행은 짧아서 그럴 일도 없다. 가평의 더 스테이 힐링파크, 양평의 서후리숲, 강화도의 동검도, 이천의 예스파크, 파주의 헤이리 등은 별 준비 없이 쉽게 다녀올 수 있는 힐링 스페이스다.

당일이든, 몇 박을 자고 오든 여행을 하면서 사진을 찍고, 생각나는 것들을 메모한다. 연암 박지원의 《열하일기》 속에 있는 '일신수필'이란 장은 달리는 말 위에서 휙휙 지나가는 상념을 적은 것이라 한다. 돌아와서 적으려면 그때 그 곳에서의 감성을 기억하는 게 쉽지 않다. 생각날 때마다 기록을 한다.

돌아와서는 다니면서 찍은 사진과 설명들을 블로그에 올린다. 나는 지난 2004년부터 네이버에 블로그를 운영하고 있다. 여행의 기록이나 맛집 정보, 독서 감상 등을 올려 놓으면 언제 어디서든 찾아보기가 쉬워서 올리기 시작했는데 어느날 갑자기 조회수가 많아졌다. 통계를 보면 여행과 맛집 정보를 보러 오는 분들이 압도적으로 많다.

어쨌든 이렇게 블로그에 올리려고 준비하다 보면 한두 가지 확인할 게 생긴다. 책이나 인터넷 검색 등을 통해서 정보를 확인하는 과정에서 다녀왔는데도 몰랐던 사실들을 알게 되기도 한다. 사진 한두 장으로 추억을 남기는 것만으로도 여행의 목적은 충분히 얻은 것이지만, 이걸 정리해두면 나중에 기억하기도 쉽고, 다른 이들과 공유할 수 있는 정보가 된다. 또 누가 알겠는가, 이 기록들이 모여 여행작가로 출판을 하게 될지.

⌒

미술관의 문은
열려 있다

⌒

전문 큐레이터들이 몇 달 동안 고민해
서 엄선해 전시한 작품을 한 번에 볼 수
있는 미술관 산책. 다니면 다닐수록 내
안목이 높아진다. 게다가 무료다.

반나절쯤 시간이 남을 때면 삼청동으로 간다. 오래된 습관이다. 삼청동에는 국립현대미술관을 비롯해 국내 대표 화랑인 갤러리현대와 국제갤러리, PKM갤러리, 아라리오갤러리, 학고재미술관 등 크고 작은 미술관과 화랑이 줄지어 서 있다. 갤러리 휴관일인 월요일만 아니면 언제든 서너 개 이상의 전시를 한 걸음에 볼 수 있기 때문이다.

나는 미술을 전공하지도 않았고, 그렇다고 컬렉터도 아니다. 처음 일했던 〈행복이 가득한 집〉에서 피처기자들이 돌아가면서 맡는 '아트갤러리' 꼭지를 2~3년 하면서 미술의 영향력에 눈을 떴고, 그 후 지속적으로 전시 구경을 다녔고, 책을 찾아보고, 작가들과 인사를 나눴다. 전시를 보면 볼수록 작품을 보는 안목이 생겼고, 세상을 가장 먼저 본다는 아티스트들의 세계에 관심을 갖게 되었다.

공연장에 시간 맞춰 가야 하는 공연예술과 달리 미술 전시는 기간 내에 내가 가능한 시간에 가서 관람할 수 있는 데다가, 미술관 기획전시도 만 원 내외의 입장료로 볼 수 있고, 갤러리는 대부분 무료 관람이 가능하다. 삼청동의 대형 화랑들은 이우환, 박서보, 이강소 등 국내 작가뿐 아니라 장 미셸 바스키아, 줄리안 오피, 루이스 부르주아 등 해외 유명 작가의 전시를 수시로 열고 있어 굳이 해외에 가지 않아도 영향력 있는 현대미술 작품들을 구경할 수 있다.

해외 출장이나 여행 일정이 잡혀도 가장 먼저 그곳의 미술관 전시 일정을 체크했다. 어떤 곳은 미술관 건축이 좋아서, 어떤 곳은 전시가 좋아서, 어떤 곳은 소장품이 좋아서 등 여러 가지 이유로 미술관 리스트는 차고 넘쳤고, 일정은 늘 빡빡했지만 가능한 한 최선을 다해 돌아다녔다.

파리의 루브르, 퐁피두, 오르세, 오랑주리, 피카소, 로댕, 브루델, 마르모탕 모네 미술관, 런던의 내셔널갤러리, 빅토리아&앨버트, 테이트모던, LA의 게티뮤지엄, 뉴욕의 메트로폴리탄, 구겐하임, 휘트니, 노이에Neue갤러리, 도쿄의 신미술관, 네즈미술관, 민예관, 모리미술관, 로마의 바티칸미술관, 코펜하겐의 루이지애나미술관, 헬싱키의 키아스마 현대미술관, 알바알토 스튜디오, 비엔나 훈데르트바서 뮤지엄 등 어디를 가든 미술관부터 들렀다.

미술관이나 박물관에서 전시를 보고 나면 반드시 아트숍에 들른다. 아트숍에서는 그 전시 작품을 모티브로 만든 아트 상품을 판매하므로 전시를 본 감상을 오래 기억하기 위해 도록이나 엽서를 산다. 유명한 카피라이터 박웅현 선생님이 어느 강의에선가 '미술관에서 사 온 엽서를 책상 유리 밑에 깔아놓는데, 가끔 그게 영감을 불러일으켜서 만든 광고가 몇 개 있다'는 이야기를 하신 걸 듣고부터 시작한 일이다.

인상 깊게 본 작품 사진이 인쇄된 에코백이나 문구류도 좋은 기념품이 된다. 그렇게 사 온 엽서를 책상 옆에 붙여두면 때로는 여행의 추억에 잠기기도 하고, 생각이

막혔을 때 영감을 불러일으키는 촉매가 되어준다.

안목 훈련을 쌓으려면
박물관에 자주 다녀라

미술평론가이자 수집가인 박영택 선생님의 이야기도 도움이 되었다. "많이 봐야 되고, 많이 보면서 눈 밝은 사람들의 말을 잘 들어서 보는 방법을 깨우치는 게 필요해요. 좋은 걸 느끼는 힘은 타고 나는 것 같기는 하지만 좋은 걸 보고 골라내는 안목, 작품 자체를 읽어내는 것이 매우 중요합니다.

안목이 없이는 어떤 것도 하기 어려워요. 그래서 안목 훈련을 쌓는 게 매우 필요합니다. 안목 훈련을 쌓는데 가장 좋은 것 중 하나가 박물관 같은 데를 자주 다니는 거예요. 그렇게 다니다 보면 여러 개 중에서 겹치는 것이 있고, 그게 각인되면서 뭔가가 보이죠."

박영택 선생님 말대로 언제부턴가 이 행보가 나에게

힘이 되었다. 서울 리움미술관 정원에 있는 작품의 작가인 아니쉬 카푸어Anish Kapoor의 신작을 영국 노팅엄 길거리에서 발견하고, 베니스에서 곤돌라를 타고 가다가 제프 쿤스Jeff Koons의 핑크 벌룬 독을 보면서 신세계백화점 본점에 있던 새이크리드 하트를 떠올린다. 런던 하이드파크에 작품을 설치한 이우환 작가의 기념관을 부산 시립미술관에서 돌아보게 되고, 코펜하겐 루이지애나미술관 입구에서 조우했던 조반니 자코메티Giovanni Giacometti의 조각품을 예술의 전당에서 자코메티 전시로 다시 만나면서 나만의 미술 연보가 쌓였고, 작품 간의 연관성이 거미줄처럼 촘촘하게 짜여갔다.

전문적으로 공부한 미술 전문가에게는 명함도 못 내밀겠지만 밀라노 카도르나 광장에 있는 같은 작가의 '바늘, 실과 매듭'과 청계천 지나갈 때마다 보이는 클래스 올덴버그Claes Oldenburg의 '스프링', 상대적으로 작은 크기의 신세계백화점 본점 앞에 있는 '건축가의 손수건'을 묶어서 연대별로 작가의 작품 변화에 대해 상상의 나래를 펴는 일은 즐겁다.

요즘은 SNS에 올릴 인증사진 찍을 설치물까지 준비해 놓고, 관람객을 기다리는 미술관과 갤러리가 많다. 이렇게 아트 인프라가 좋은데, 시간을 내서 구경 가지 않을 이유가 있을까?

올해는
꽃을 보여주렴

나무가 크는 데 필요한 건 물, 햇빛,
바람 그리고 나의 관심.

올해도 우리 집 서향동백은 꽃을 피우지 않으려나 보다. 2년 전 겨울에 연분홍 꽃이 탐스럽게 핀 서향동백 화분을 하나 들였다. 해남 미황사에 템플 스테이 갔다가 사찰을 빙 둘러싸고 피어 있던 동백이 너무 예뻐서 집에서 동백꽃을 보겠다고 큰맘을 먹은 것.

예전에는 화분이 들어오기만 하면 한 달을 못 버티고 죽어 나갔지만 도우미 아주머니의 노하우를 배워서 이제는 화분들이 몇 년씩 푸른 잎을 유지하고 있어서 나무 키우는 데 어느 정도 자신이 있었다. 그래도 꽃나무는 좀 어려워서 하루라도 꽃을 더 보려고 물도 정성껏 주고 환기도 자주 시켰다. 그런데 얼마 후, 꽃은 차츰 시들어 툭툭 송이째 떨어졌다. 아쉽긴 했지만 내년을 기약하기로 했다.

일 년 동안 잘 가꾸면 줄기도 더 굵어지고 잎도 무성

해져서 내년에는 다시 예쁜 꽃을 피우리라고 기대하며 부지런히 물을 주고, 햇빛을 보이고, 환기를 시켰다. 식물을 키우는 데는 물과 햇빛 그리고 바람이 필요하다고 배웠기에. 아침마다 서향동백을 바라보며 명상을 한다. 어스름하게 깨어나는 아침, 맑은 정신으로 서향동백을 마주하고 가부좌를 하고 앉아 명상을 시작할 때면 나도 모르게 눈빛이 선해지고, 입 꼬리가 올라간다. 초록의 힘이다.

다시 겨울이 와서 매일같이 화분을 들여다보며 봉오리를 찾았다. 다행히 봉오리가 몇 개 맺혔기에 올해도 분홍 동백을 볼 거라고 기대에 한껏 기대에 부풀었지만 일주일 후 낙심하고 말았다. 봉오리들이 우르르 바닥에 떨어져버렸기 때문이다. '이게 무슨 일인가?' 피어보지도 못한 봉오리가 바닥에 뒹구는 걸 보니 그렇게 안쓰러울 수가 없었다. 화분을 구매한 화원에 상담을 했지만 대답은 뻔했다. 물, 바람, 햇볕.

희한하다. 원래 잘 자란다고는 하지만 우리 집 산세베리아는 10년 넘게 쑥쑥 잘 자라서 잎을 정리해주느라 바쁘고, 서향동백과 같이 우리 집에 온 몬스테라는 처음엔 수박만 한 크기였는데 줄기가 쭉쭉 잘 뻗어 나가서 지금은 우람하게 덩굴을 이루고, 이파리도 무성하게 달려 있다.

요즘은 집에서 키우는 식물을 반려식물이라고 한다. 강아지나 고양이 같은 반려동물처럼 식물을 키우면서 사람이 애정을 느끼고 위로를 받기 때문이라고. 반려동물보다는 부담이 덜해 시작했는데, 요즘 '반려식물'이란 말을 절실하게 느끼고 있다.

한날한시에 우리 집에 들어온 서향동백과 몬스테라. 하나는 영양제 놔주고, 매일 들여다보며 공을 들여도 꽃을 보여주는 건 고사하고 가끔 이파리를 후드득 떨구어서 사람 놀라게 한다. 다른 하나는 규칙적으로 물주는 것 외에는 거실 한 귀퉁이에 놓고 관심도 안 주는데 어느 날 보면 훅 커 있고, 어느 날 보면 도르르 새 잎이 말려 나오고 있다.

서향동백만 보면 내가 뭘 잘못해서 꽃이 안 필까 노심초사하고, 몬스테라만 보면 황무지에서도 환경에 적

응하며 보이는 끈질긴 생명력에 감탄하게 된다. 지나친 관심과 무관심의 사이에서 갈피를 못 잡고 우왕좌왕 하는 게 딱 자식 키우는 부모 맘이다. 딸내미 학창시절에 사방에서 들은 이야기는 '아이 적성에 맞게, 부모 소신껏' 아이의 앞길을 도와주라는 것이었지만 그때도 이렇게 지나침과 모자람 사이에서 널을 뛰었던 기억이 난다.

장영희 교수는 암 투병 중에도 〈샘터〉 지면에 '상처에 새살이 절로 돋아나듯이, 절망과 슬픔이 있으면 어느새 희망이 다가와 위로한다. 희망이야말로 우리가 존재할 수 있는 기본적인 힘'이라며 희망을 버리는 것이 가장 큰 죄악이라고 썼다. 여린 식물을 키우며 부모의 맘을 느끼게 될 줄, 희망이라는 단어를 떠올리게 될 줄 미처 몰랐다. 그 흔들림이 미안해서 오늘도 창문을 활짝 열고, 나무에 물을 흠뻑 뿌려준다.

돈으로부터
자유로워진다는 것

지나친 부를 소유하면

불필요한 것들만 사들이는 법이다.

영혼에 필요한 것을 마련하는 데는

돈은 필요하지 않다.

-헨리 데이비드 소로, 《월든》

가계부를
쓴다

들어온 돈은 있는데, 나간 돈은 흔적이
없다. 가계부라는 걸 써보니 돈이 지나
간 길이 보인다. 안 가도 됐던 길은 더
잘 보인다.

지난 한 해 동안 가계부를 써봤다. 결혼 초에 한두 해 쓰다가 바쁘다는 핑계로 던져버리고, 큰돈 들어가는 것만 다이어리에 간단하게 기록해가며 살아왔다. 수십 년 만에 가계부를 써보니 실제 살림 규모를 확실하게 알 수 있었다. 계획했던 것과 달리 여전히 외식비와 문화비가 생활비의 큰 비중을 차지하고 있다는 걸 숫자로 확인했다.

공짜로 얻은 가계부라서 한번 써보자 했던 건데, 새해에는 일부러 가계부를 구해서 쓰겠다고 다짐하게 될 정도로 효과가 확실했다. 가계부를 쓴다고 돈이 모아지진 않겠지만 쓰임새의 방향을 잡는 데는 확실히 도움이 된다.

대학 졸업 후 바로 취직을 해서 '용돈'에서 '월급'으로 갈아탔고, 결혼하고도 직장생활을 계속 하면서 남편과

각자의 통장을 갖고 생활비를 분담해서 나는 오랫동안 내가 버는 돈으로 살아왔다. 집집마다 가계 운영 방법이 다른데, 우리는 각각 잘 하는 사람이 하는 게 좋겠다고 생각해서 나는 생활비를 담당하고, 남편은 집과 자동차 등 목돈이 들어가는 비용을 담당했다. 30년 지나서 대차대조표를 대략적으로 따져보면 비슷하게 가계에 일조했다는 결론이 나오는데, 문제는 항목이었다. 내가 맡은 생활비는 매달 꼬박꼬박 지출이 되는 거라서 남편이 맡은 목돈과는 지출 양상이 다르다.

직장에 다니며 월급을 받을 때는 몰랐는데, 처음 회사를 그만두고 한 달 후에 상황을 파악했다. 모아두었던 돈으로 몇 달을 살았다. 전업주부 친구들은 배우자에게 생활비를 받아서 살림하면서 기념일이면 반짝거리는 선물을 받았고, 당당히 남편의 비상금까지 요구한다는데, 나는 생활비 달라는 말을 못했다. 어릴 적에는 맡겨 놓은 것처럼 부모님에게 용돈 달라는 말을 입에 달고 살았는데, 남편한테는 그 말이 안 나왔다.

절친과 차를 마시다가 그 얘기를 꺼내자 친구는 '슈

퍼우먼 신드롬'이라며 '직장 여성들이 회사에서 차별 안 받으려 모든 일을 완벽하게 하려고 하고, 배우자에게도 능력 있음을 증명하기 위해 살림과 육아에 진력을 다하다가 지쳐버리는 증상'이라 했다. 실제로 회사에 다녀보면 결혼한 여자들의 출근 시간이 미혼 여성보다 상대적으로 이르다.

특히 돈에 대해서는 '본인이 벌어본 경험이 있는 사람일수록 돈을 버는 게 얼마나 힘든 줄을 알기에 남편에게 손 벌리는 게 쉽지 않다'는 이야기를 해주었다. 주변에 그런 친구들 많다며. 카드빚은 써도 남편한테 돈 달라고 말 못하는 친구도 있다는 말도 보탰다.

공감이 가서 이 이야기를 집에서 나눠보려고 맘을 먹고 기회를 보던 중 다시 취직이 되어 생활비 이야기를 꺼내지 않아도 되는 상황이 되었다. 그렇게 두어 번 고비가 있었지만 직장을 쉴 때는 프리랜서 활동을 하면서 수입이 생겨서 어찌어찌 넘어가곤 했다. 말 한 마디 하는 게 뭐 그리 어려웠는지.

요즘 맞벌이하는 후배들을 보면 생활비를 1대 1로 내

서 공동 생활비를 만들어 생활한다고 한다. 다들 나보다 지혜로워서 다행이다.

2016년에 회사를 그만둔 후, 앞으로 어찌 살지 계획을 세우면서 자연스럽게 생활비 이야기가 나왔다. 이제는 남편의 수입으로 생활을 하고, 개인사업자로 내가 가끔 버는 돈은 저금을 하거나 비상금으로 쓰기로 했다.

막상 생활비를 받아 그걸 갖고 생활하려니 보통 일이 아니었다. 둘이 벌다 한 사람이 버는 돈으로 이전과 똑같은 살림 규모를 유지할 수는 없었다. 게다가 남편도 머지않아 퇴직할 거고, 앞으로 수십 년을 더 살아야 하니 돈을 더 모을 수 있는 방향으로 라이프 스타일을 대폭 조정해야 했다.

벌 수 없으면
줄여야지

지난 일 년 동안의 지출 내역을 살펴보았다. 옷과 구

두 등 출근을 위한 의류비와 콘텐츠 디렉터라는 직함에 걸맞기 위해 쫓아다니며 쓴 외식비와 문화비가 가장 컸다. 의류비는 출근을 안 하니 가장 먼저 줄일 수 있어 보였다. 옷장을 열고 앞으로 덜 입게 될 정장을 최소한으로 남기고 정리했다. 드라이클리닝을 맡겨야 하는 정장 개수를 줄이면 세탁비도 줄일 수 있었다. 옷장 안에 겹겹이 쌓여 있던 옷과 신지 않을 하이힐 등을 정리했다. 체증이 뚫린 것처럼 옷장과 신발장에 여유 공간이 생겼다. 정리를 하니 잊고 있던 옷도 나오고, 안 신던 운동화 중 쓸모 있는 것들이 여러 켤레 있다는 걸 알게 되었다.

외식비와 문화비는 맘만 독하게 먹으면 제로로 만들 수 있는 항목이긴 하지만 그러면 안 될 것 같았다. 출근은 안 하더라도 개인사업자로 계속 일을 하고 싶었기에 사람들과 관계를 유지하기 위한 외식비와 나의 일에 도움이 될 도서 구입이나 영화, 공연 관람 등을 최소한으로 유지할 수 있도록 예산을 잡았다. 정년퇴직한 분들을 만나 얘기를 들어보면 가장 지출이 큰 항목이 '경조사비'라는 이야기를 많이 들었다.

식비와 주거비는 줄일 수 없는 부분이어서 그대로 두었다. 도우미 아주머니를 그만 오시게 하고, 청소기를 쓰기 편한 것으로 바꿨다. 대청소를 통해서 집안 구석구석에 있던 꾸러미들을 풀어서 앞으로 자주 사용할 것들을 앞으로 내놓고, 사용하지 않는 것과 장식품들은 과감히 버렸다. 예쁘다고 늘어놓은 물건들에 먼지가 쌓이는데 그 먼지를 닦는 것도 일이 될 테니 아예 소품을 버리는 편이 나았다.

정리를 하니 집안 살림이 한눈에 보여 자질구레한 일을 덜 수 있게 되었다. 관리비는 못 줄이지만 전기료는 줄일 수 있는 부분이라서 개별 버튼이 있는 멀티탭을 여러 개 사서 대기 전력을 최소한으로 하고, 여러 개씩 쌓여 있던 소형가전은 한 개씩만 남기고 다 버렸다.

나이 들수록 의료비 비중이 늘어난다는 이야기를 많이 들었다. 건강관리를 잘해야 병원 갈 일이 줄어들 거라 생각해서 수영 등록비, 영양제 구입비에는 투자하기로 했다.

그렇게 정리해도 생활비가 확 줄어들 기미는 안 보인

다. 노후에 받기로 예정된 연금, 저축 등을 고려해도 넉넉하지는 않아 보인다. 올 한 해 가계부 꼼꼼하게 쓰면서 더 세심한 준비가 필요하겠다. 그나저나 정말로 백 살까지 살면 어떡하지?

네고가
싫어

물건 값 깎는 걸 잘 못한다. 아니, 하고
싶지 않다. 가격을 정해놓은 데는 다 이
유가 있단 말이다.

요즘 모 방송인이 프랜차이즈 기업의 특정 제품 가격을 할인 받는 프로모션을 하는 유튜브 콘텐츠인 '네고왕'이 화제다. 젊은 층이 좋아하는 BBQ 치킨, 스킨푸드, 하겐다즈 등의 책임자와 그가 직접 만나 특정 제품의 가격을 협상하는 건데, 엄청난 할인율로 화제가 되었다.

주머니 사정이 넉넉지 않은 젊은이들로서는 평소에 먹고 싶거나 갖고 싶던 제품을 저렴한 가격으로 살 수 있고, 기업체 입장에서는 유니크한 이벤트로 화제성 있는 프로모션을 하는 것이고, 협상 과정에서 그가 생떼를 부리다시피 해서 할인율을 낮추는 과정이 예능적인 요소로 작용해 재미 요소도 있으니 모두에게 좋은 장사라는 게 제작진의 입장. 실제로 이 이벤트는 기업들의 제품 판매 증가로 바로 이어졌다고 한다.

같은 물건을 남보다 싼 가격에 살 수 있다는 건 확실한 유혹이다. 인터넷 포털사이트 쇼핑 카테고리에서 가격 비교 탭이 가장 앞에 있는 걸 보면 알 수 있다. 수납 상자 하나를 사도 좀 더 저렴하게 파는 곳을 찾느라 시간을 투자한다. 그렇게 해서 조금이라도 싸게 구입하면 들인 시간이 아깝지 않다.

늘 균일가를 유지하는 백화점이나 쇼핑몰의 할인행사 기간에 사람들이 몰리는 것도 마찬가지. 어찌 보면 이름만 다르지 일 년 내내 할인행사를 하는 것 같은 착각을 일으킬 정도로 자주 할인행사를 하는데도 그 기간만 되면 주변 교통이 마비될 정도로 인파가 몰린다.

미국이나 유럽의 경우, 해마다 엄청난 할인율로 판매를 하는 블랙 프라이데이나 박싱데이에 너나 할 것 없이 백화점이나 쇼핑몰 앞에 끝도 없는 줄이 늘어진다. 어렵게 시간을 내서 가는 해외여행 스케줄 마지막에 꼭 아울렛 쇼핑을 넣어야 모객이 잘 된다던 여행사 관계자의 이야기도 기억난다. 평소에 눈여겨두었던 해외명품을 여행길에 저렴하게 구입하면 돈을 쓰면서도 번 것처럼 느끼는 이들이 많다는 것이다.

나 역시 할인 기간을 기다리고, 국내외 막론하고 아울렛 쇼핑을 즐긴다. 애초에 정해졌던 가격에서 천 원이라도 싸게 사면 즐겁다. 하지만 내가 직접 가격을 깎는 것은 다른 문제다. 난 물건 값을 깎는 게 싫다. 가진 재산이 많아서 펑펑 쓰겠다는 게 아니라 정당한 가격이 중요하다는 거다.

원래 '네고'라는 말은 '협상, 교섭, 절충'이란 뜻의 '네고시에이션negotiation'을 줄인 말이다. '협상'은 '어떤 목적에 부합되는 결정을 하기 위해 여럿이 서로 의논함'이란 뜻이니 서로에게 좋은 결과를 가져오는 데 필요한 긍정적인 단어다. 단순히 정해진 물건의 가격을 깎는 것은 '네고'라는 말이 갖고 있는 수많은 뜻 중 일부일 뿐이다. '협상'과 '절충'으로 1+1이 2보다 큰 숫자가 나오는 것을 평생 봐왔으면서도 '네고'라는 단어만 보면 '억지로 가격을 후려친다'는 의미가 먼저 떠오른다. 물건 값을 깎는 데 내가 일종의 트라우마를 갖고 있어서 그런지도 모르겠다.

그렇게 깎아줄 거면

가격표는 왜 붙인 거야?

요즘은 시장이나 구멍가게에서도 대부분 정찰제로 물건을 판매하지만 내가 어릴 때만 해도 손님에 따라 부르는 가격이 다른 가게가 많았다. 엄마 심부름으로 시장에 가서 콩나물을 한 봉지 사와도 엄마는 꼭 '더 달라고 하라'고 시켰다. 실내화 하나를 사도 어수룩한 애가 가면 비싸게 부른다며 같이 가거나 얼마 이상이면 사오지 말라고 신신당부를 했다. 어리고, 어리숙한 나는 콩나물 한 줌 더 달라는 말을 입 밖으로 꺼내지 못했고, 엄마가 말한 가격에 맞는 실내화를 찾느라 시장을 몇 바퀴씩 돌곤 했다. 그렇게 했어도 나의 쇼핑 점수는 늘 50점을 넘지 못했다.

조금 커서 반항 비슷한 걸 할 수 있게 되자 '장사하는 사람은 받을 만한 가격을 정한 거다. 그 가격이 부담스러우면 눈을 낮춰 더 싼 것을 사야지, 왜 그걸 그렇게 싸우다시피 언쟁을 해서 꼭 깎아야 하느냐', '콩나물 한 줌 더 받으려고 애쓰면서 누구네 경조사에는 왜 그렇게 돈을 많이 쓰느냐' 하면서 따지고 들곤 했다.

하지만 나를 더 짜증나게 한 것은 엄마가 두어 마디만 하면 바로 꼬리를 내리고 깎아주는 상인들이었다. 그렇게 깎아줄 수 있는 거면 애초에 왜 그 가격을 불렀던 걸까? 시장경제의 융통성 따위는 털끝 하나도 모르던 나는 분개했고, 엄마는 매번 의기양양해서 다음번에는 더 많이 깎았다.

동남아로 해외여행을 가면 가이드들은 물건을 살 때 반 이상 깎으라고 조언을 한다. 그 사람들은 뭐 먹고살라고 반을 깎나 싶지만 실제로 보면 실랑이를 하면서 양쪽 모두 연신 웃음 가득, 원래 받지도 못할 금액을 불러 놓고 깎아주는 거면서 때로는 화난 듯, 때로는 인심 팍 쓰는 듯 골든 글로브 주연상감의 연기를 펼친다. 파는 사람은 손해 안 보고, 사는 사람은 뭔가 많이 얻은 듯해서 즐거워한다. 흥정을 하며 서로 이야기도 나누면서 '이런 게 사람 사는 재미'라는데, 난 이게 왜 '재미'인지 모르겠다.

나는 물건을 살 때 가격표가 붙어 있고, 절대로 깎아주지 않는 백화점을 선호한다. 어릴 때부터 백화점 좋아한 게 직업으로 연결되었는지, 내 인생의 5분의 1에 해당하는 10년쯤 백화점 밥을 먹기도 했다. 백화점은 좋은 물건을 잘 골라놓고, 깔끔하고 고급스럽게 공간을 관리하는 것도 좋지만 정해진 룰을 지킨다는 게 가장 좋았다. 일 년 중 몇 번 정해 놓은 기간에만 할인행사를 하지만 그것도 일정한 퍼센트를 정해서 하고, 누구든 같은 비율로 할인 받는다는 게 좋았다.

그거였다. 나는 가격을 깎아주는 데 화가 난 것이 아니고, 누구는 깎아주고 누구는 안 깎아주는 형평성의 문제에 화가 났던 거다. '좋은 게 좋은 거'라는데 웃는 얼굴로 이야기하는 사람에게는 가격을 비싸게 부르고, 까다롭게 굴면서 트집을 잡아가며 이야기하는 사람에게는 가격을 낮춰주는 건 무슨 이유인가?

또 하나는 얼마가 진짜 가격이냐는 거다. 아침에 준비한 생선이나 떡이 시간이 지나서 점차 상품 가치가 떨어질 때쯤 가격을 훅 낮춰서 할인을 하거나, 경영전

략상 프로모션을 통해 제품을 알리기 위해 할인을 하는 것 등은 물건을 준비하는 판매자의 입장에서 충분히 심사숙고해서 손해 보지 않을 선에서 하는 거다. 그런데 돌아다니다 보면 '사장님이 미쳐서' 그런 것도 아닌데, 같은 물건을 누구에게는 만 원을 부르고 손해 보며 파는 거라 하고, 누구에게는 5천 원을 부르며, 남는 거 없다고 하는 분들이 참 많다. 나는 그들 눈에 정말 봉으로 보이는 걸까? 도대체 그 물건의 원가는 얼마인 걸까?

비단 물건 값만 그런 건 아니다. 콘텐츠를 만들다 보면 사진비, 원고료, 스타일링비, 모델비, 인쇄비 등 하나하나 다 기준 가격에 맞춰 계약을 해야 한다. 최대한 콘텐츠의 수준에 따라 사람이 힘들여 한 일에 대한 대가는 공정하게 지불되어야 한다고 믿고 그리 진행하려 노력하지만 그 '기준'이라는 게 또 그리 공정한 것도 아니다.

파는 사람도 불만이 없고, 사는 사람은 절약을 할 수 있도록 하는 협상, 절충, 교섭, 네고. 다 좋은 말이고 좋은 일이다. 단지 내가 물건 값을 깎는 데 재능이 없고,

멀리 보고 쌈짓돈을 투자할 의욕도 없으니 지인들은 나에게 절대로 장사하지 말라고 한다. 자유롭고 유연한 시장의 순환 구조 속에 자연스럽게 섞이지 못하는 주제에 남들이 지혜롭게 소비생활을 하는 걸 보면서 '제발 정해진 가격에서 깎지 좀 말자'며 혼자 볼멘소리를 내뱉어 보는 것이다.

⌒

가장 확실한 청소,
정리

⌣

집안에 불필요한 물건이 많다는 것은
마음속에도 딱 그만큼 불필요한 고민이
많다는 것.

정리 전문가인 곤도 마리에는 '가슴이 설레지 않는 것을 먼저 버려야 정리가 된다'는 말로 정리의 세계를 평정했다. 가슴이 설레지 않아도 보관해야 할 것들이 있긴 하지만 내게 있어 이 한 문장은 버릴까 말까를 고민하며 몇 년째 옷장에 쟁여두었던 옷들을 대거 정리하는 데 역할을 했다. 살다 보면 뭐가 자꾸 생기게 마련이다.

학창시절에는 시험 끝나는 날이 정리하는 날이었다. 시험 날까지 책상 위에는 책과 잡동사니가 빈틈없이 널려 있었고, 의자 등판에는 입던 옷이 쌓이고 쌓여 의자가 뒤로 넘어가기 직전까지 산을 이루었다. 어릴 때는 방을 치워주던 엄마가 중학교 때부터 네 방은 직접 치우라며 손을 뗀 이후 이어져 온 내 방의 풍경이다. 시험 끝나고 집에 들어오면 책상부터 옷장까지 대청소를 했고, 그리고 다음 날부터 다시 방을 채워나갔다. 그렇게 무심했다.

결혼해서 내 살림을 시작하니 마음가짐이 달라졌다. 생판 다른 공간에서 살던 이와 같이 살기 위해 몇 가지 기준이 필요했고, 일하며 살림하려니 최대한 손이 덜 가는 생활방식을 택하게 되었다. 리빙 잡지에서 일하면 아무래도 남들보다 살림에 관심이 많으니 정보가 많다. 살림의 여왕들로부터 전수받은 노하우를 활용했다. 먼저 도배지와 부피 큰 가구는 흰색으로 해서 공간이 넓어 보이게 하고 테이블이나 소품은 원목으로 골라 집 전체를 환하게 만들었다.

집안의 모든 수납장 앞에 이름표를 붙였다. 남편이 양말이나 드라이버를 못 찾아서 나를 부르지 않게 하려고. 아이 장난감이나 청소도구 등은 곳곳에 큰 박스를 두어서 종류별로 모아두었다. 전기제품은 공간별로 최대한 모아서 전깃줄이 여기저기 걸리지 않게 묶고 벽에 붙였다. 장식품은 유리문이 있는 장식장에 넣거나 한쪽에 모아서 먼지가 덜 쌓이게, 공간을 덜 차지하게 했다.

그렇게 해도 살림이란 건 계속 늘어나게 마련이어서 집 평수를 늘려갈 때마다 처음에는 벙벙하던 집이 두어 달 후면 다시 꽉 차는 악순환이 계속 되었다. 눈뭉치처럼 늘어만 가던 살림이 줄어든 계기는 딱 두 번. 한번은 아이 학교 문제로 아파트 평수를 줄여가야 했을 때와 회사를 그만두고 거의 모든 것을 정리했을 때이다. 평수를 줄여가야 할 때는 당장 사용하지 않는 물건은 모두 버리고 나눴다. 강제적 살림 줄이기는 단기적 효과는 확실했지만 나중에 다시 사야 했던 물건도 꽤 있어 가슴이 쓰렸던 정리였다.

하나를 사들이면
두 개를 처분해야 정리가 된다

두 번째 정리는 마음이 원해서, 시간 여유가 있어서 할 수 있었다. 우선 내 것부터, 가슴이 설레지 않는 것을 정리했다. 의외로 가슴이 설레지도 않는데 껴안고 살았던 것이 많았다. 공식적 자리를 일단 그만두었으니 입는 것이 달라지고, 사용하는 물건이 달라졌다. 옷장에서는 정장과 큰 가방을 대거 정리하고, 신발장에서는 하이힐을 정리했다. 화장대에서는 메이크업 제품을, 액세서리도 꼭 필요한 것만 서랍장 한 개 정도만큼만 남겼다.

부엌 차례. 부엌살림을 먼저 다 꺼내놓고, 같은 종류끼리 모았다. 커피포트와 블렌더는 하나만 있으면 되는데 왜 두어 개씩 있었던 걸까? 예쁘다고 샀지만 박스도 열지 않고 여러 해를 넘긴 찻잔과 그릇들은 활용도가 높은 순, 일정 수량이 필요한 것 순으로 순위를 매겨서 3위까지 살리고 나머지는 나눔 상자에 넣었다. 플라스틱 수납용기와 일회용품들도 최소한의 수량만 남기고 모두 처분. 팬트리에는 급할 때 먹으려고 쌓아놓은 인스턴트가 편의점 수준이었다. 그날부터 유통기한이 임박한 것부터 짬짬이 먹어치우기 시작해서 몇 주 만에 모두 정리했다.

수납장에는 낮은 선반을 여러 개 배치해서 한 손으로도 그릇을 넣고 꺼낼 수 있게, 한눈에 선반의 그릇들이

다 보이게 정리했다. 아이러니하게도 수납을 잘하겠다고 사들인 수납용품이 또 어마어마하게 많더라는 것.

이사할 때마다 일하시는 분들을 고생스럽게 한 책도 정리하기 시작했다. 전보다 많이 나아졌지만 여전히 먼지 알레르기로 환절기마다 고생하면서 책에는 왜 이리 관대했던 것인지. 안타깝게도 30년이 지났어도 여전히 가슴이 설레는 책들이 너무 많았다. 우선 먼지가 많이 쌓인 대학 전공서적부터 꺼냈다.

지인들이 건네준 논문들, 《삼국지》와 《토지》 등의 전집류, 베스트셀러라고 해서 샀지만 그다지 울림이 없던 소설들을 중고서점에 보내고, 서점에서 안 받아주는 책은 폐기 처분하고 나니 책장 두 개가 비었다. 겹쳐 꽂았던 책들을 한 줄로 정리해서 한눈에 보이게 했다. 그 후 책을 한 권 사면 두 권 뽑아내고, 모아서 중고서점에 보내는 일을 계속하면서 책 수량을 관리하고 있다. 그래도 여전히 우리 집에서 가장 많은 것은 책이다.

이렇게 살림을 비우니 집이 전보다 넓어 보이고, 뭘 찾기가 쉬워졌다. 집안일을 할 때도 효율이 좋아졌다.

무엇보다도 필요 없던 물건을 볼 때마다 "저걸 어쩌나?" 하면서 고민하던 게 사라지니 눈이 시원하고, 마음이 가벼워졌다. 집이 이고 있던 무게는 알고 보니 내 마음에도 그 중량을 드리우고 있었던 것이다. 진작 살림 다이어트를 시작하지 않은 게 후회스러웠다.

︵

과시 소비에서
가치 소비로

︶

물건이 가져올 세상의 변화가 기대될

때, 지갑이 스르르 열린다.

'하나코족'이란 말을 처음 들은 게 1990년대 초반이었다. 일본 경제의 활황기에 대도시의 일류 회사에 다니면서 패션에 관심이 많고, 여행을 즐기는 이십 대 직장 여성들이 명품 브랜드 제품을 소개하는 잡지 〈하나코Hanako〉를 즐겨 본다 해서 이런 라이프스타일을 가진 젊은 여성들에게 '하나코족'이란 이름이 붙었다. 루이비통이나 샤넬 등 유럽의 명품 브랜드 제품들을 맹목적으로 좋아한다 해서 비꼬는 듯한 어조로 사용하기도 했으나 이런 라이프스타일을 동경하는 대중에겐 부러움을 뜻하는 단어였다. 유럽 여행을 가면 루이비통 매장 앞에 일본인들만 줄을 서 있고, 거의 모든 상점에서 일본어로 호객을 하던 시대였다.

딱 10년 후, 우리나라에도 명품이 들어오기 시작하면서 명품족이 생기기 시작했다. 가장 먼저 유행을 알리는 잡지사에서 일했으니 이런 흐름에 민감할 수밖에 없었다. 루이비통 모노그램 지갑, 에르메스 버킨백, 샤넬 2.55백, 프라다 포코너천 등 제품 이름과 전문 용어까지 외우며 명품 브랜드의 장인정신과 우수한 품질을 칭송하는 기사를 줄줄이 써냈다.

명품 브랜드의 론칭 행사에 가고, 제품을 촬영하며 명품에 익숙해졌고, 넘볼 수 없는 가격대에 당위성을 부여하며 보너스를 받거나 적금을 타면 통째로 명품을 사는 데 바쳤다. 명품은 명품인지라 들고 나가면 사람들의 눈길을 끌어 내 콧대를 올려주었고, 존재 그 자체로 내가 일을 하는 이유가 되기도 했다. 물건의 디자인이 워낙 뛰어나서 쓸 때마다 감탄을 하며 사용한 것들도 있다. 지금 생각하면 그 금액은 어마어마하게 큰돈이었고, 당시의 나는 물건 하나에 그 정도 돈을 쓸 정도의 여유가 없었다.

은행 잔고가 휘청거리던 어느 날, 갖고 있던 명품이란 것들을 다 꺼내놓고 이 물건들이 나에게 주는 위로와 번민을 저울질해보았다. 저울질 자체가 의미 없었다. 정말 의미 있는 두어 개를 빼면 있어도 그만, 없어도 그만인 물건들이 대부분이었다. 게다가 당시 명품 시장에도 변화가 일어나고 있었다.

　루이비통 가방 하나를 사면 3대를 물려 쓸 정도로 튼튼하고 품격이 있다 했는데, 루이비통에서 한 시즌에 하나씩 신제품을 출시하면서 몇 년을 별러 구입한 가방이 금세 한물 간 가방이 되는 일이 점점 늘어났다. 샤넬 가방은 고작 가방인데, 소형차 한 대 값을 훌쩍 넘을 정도로 꾸준히 오르기만 했다. 매스티지 브랜드라 해서 3대 명품은 아니지만 대중이 '명품'이란 걸 소장할 수 있게 명품 대열에 있는 브랜드들이 하루가 멀다 하고 한국지사를 내고 있었다.

　몇 백만 원짜리 가방만 명품이 아니라 만 원짜리 초콜릿에도 명품이란 단어가 붙었다. '명품'이란 단어는 '웰빙'이나 '힐링'이란 단어처럼 아무렇게나 쓰이면서 가치가 떨어지고 있었다. 공장에서 찍어낸 플라스틱 파리채에도 명품이란 단어가 붙었다. 도대체 명품이란 무엇인가? 기사를 쓰면서 손가락에 딱 붙어 움직이던 명품이란 단어를 쓰기가 무안해졌다. 바다 건너 와서? 재료를 구하기가 어려워서? 역사가 오래 되어서? 공을 들여서? 가격이 비싸서? 고민의 시간 동안 발견한 흔한 증거들로 명품의 원래 의미는 점차 옅게 변해갔다. 내 마음속에 자리한 고가의 명품에 대한 욕망도 스르르 사라져갔다.

30여 년 일하는 동안 해외 유명 브랜드의 입성과 발전, 전성기 그리고 쇠락하다가 다시 일어나는 부활의 기적 등을 바로 옆에서 지켜볼 수 있었다. 명품 앞에서 초롱초롱하던 선망의 눈길은 이제는 돌아와 거울 앞에 선 누나의 그윽한 눈길로 바뀌었다.

회사를 그만둔 그해에, 통의동 보안여관에서 열린 '세모아 장터'에 셀러로 나섰다. 'Ex 편집장의 서랍'이라고 간판을 붙이고, 책상서랍 속에 들어 있던 모든 명품을 들고 나갔다. 물건은 소소했으나 에르메스, 티파니, 까르띠에 박스로 무장한 그 물건들은 불티나게 팔려 나갔고, 나는 번 돈을 시각장애아동에게 미술교육을 하는 '우리들의 눈'에 전액 기증했다. 책상 서랍을 비우면서 내 마음속의 거품도 꺼졌다.

신기하게도 물욕이 확 사라진 것이다. 수입이 줄긴 했지만 당장 생계를 걱정할 정도는 아닌데, 명품은 물론이고, 그 외의 물건에 대한 욕심도 줄었다. 살림 정리를 하면서 그동안 쌓아온 물건들을 보며 많이 반성했고, 앞으로 더 이상 살림을 늘리지 않겠다는 결심이 굳어져서 그런 듯하다.

그럼에도 불구하고, 여전히 사들이는 물건이 있긴 하다. 소창으로 만든 행주, 밀랍으로 만든 랩, 말총으로 만든 차 거름망 등 만드는 데 공이 드는 공예품이나 새로운 용도를 찾아낸 물건, 선한 의도로 만든 친환경 제품 등에는 아직도 눈이 간다. 내가 갖고 혼자 즐거워할 용도가 아니라 주변에 선물해서 함께 마음을 나눌 용도로.

'가치 소비'라는 말이 시의적절하게 내 일상에 딱 와서 붙었다. 그저 물건이 갖고 싶어서 구매하는 게 아니라 그 물건을 구입하는 내 행동에 의미가 있기 바란다. 물건의 쓰임새가 좋아서, 물건을 만든 사람의 의도와 과정이 좋아서, 물건이 가져올 세상의 변화에 가슴이 설렐 때, 기꺼이 지갑을 연다.

⌒

집에서
일하기

⌣

햇살 받아 춤추는 먼지를 무심하게 바

라보기까지 시간이 참 많이 걸렸다.

"드르륵 드르륵". 다섯 시다. 매일 오후 5시가 되면 윗집에서는 청소기를 돌린다. 아이들이 있어서 그런지 오전에도 한 바퀴 돌릴 때가 있지만 보통은 하루에 한 번이다. 윗집의 성실한 청소기 소리가 들리면 노트북을 접고 나도 저녁 준비를 하러 서재를 나선다.

집에서 일한 지 일 년이 되어간다. 해야 할 일이 있건 없건 오전 아홉 시에 서재로 출근해서 정오까지, 점심 먹고 다시 서재로 들어가서 오후 다섯 시까지 일을 한다. 서재에 있는 동안은 집중해서 일을 한다.

오래전에 집에서 일하려고 시도했다가 실패한 적이 있다. 아이가 어리기도 했고, 일의 종류가 다르기도 했지만 가장 큰 어려움은 집중하기 힘든 것이었다. 명색이 주부라고 집에 있으면 아침에 눈을 떠서 움직이다가 밤에 잠들 때까지 집안 구석구석에 할 일이 보였다. 눈 질 끈 감고 일을 하려 해도 계속 그 빨랫거리나 설거짓거리가 신경이 쓰여 집중할 수 없었다.

일을 하다가 책상 위에 먼지가 하나 보이면 그걸 치우다가 그 옆 선반의 먼지가 보이고, 그것도 치우다 보면 바닥이 또 보이고. 결국 청소기 들고 집안 청소를 다 하고 앉으면 두 시간이 지나 있고, 그때쯤이면 점심을 준비할 시간이 된다. 점심 설거지를 마치고 다시 일을 하려 하면 우체국에 갈 일이 생기고, 오는 길에 장을 보러 마켓에 들르고, 집에 돌아오면 장본 것을 정리하다가 그대로 저녁 준비로 이어진다. 하루가 그렇게 가기를 두어 달. 나는 도저히 집에서 일하기가 힘들다 결정하고 집에서 일하기를 포기했다.

이번에 코로나19로 불가피하게 다시 집에서 일을 하게 되었다. 전과 같은 악순환이 반복될까봐 그동안 학습한 경험들을 토대로 몇 가지 원칙을 만들었다. 주말은 좀 다르지만 주중에는 오전 아홉 시부터 오후 다섯 시까지 업무시간을 확보해야 했다.

먼저 식사는 간단하게. 아침은 샐러드와 빵이나 떡으로, 점심은 국수나 샌드위치, 그리고 저녁은 메인 음식 하나에만 신경 쓴다. 이를 위해 재료 손질은 주말에 해 둔다. 야채는 몇 가지 방법으로 미리 자르고, 고기나 해산물도 일회 분씩 나눠서 냉동실에 보관한다. 전날 냉장실로 옮겨 해동한 뒤 조리를 하면 시간을 줄일 수 있다.

둘째, 집안일은 주말에만 한다. 청소와 빨래, 옷 정리 등 시간이 걸리는 집안일은 두 눈을 질끈 감고, 주말에 몰아서 한다. 눈에 거슬리는 것들은 옷 방에 마련한 큰 상자 안에 담아 최대한 눈에 띄지 않게 하고, 주말에 한꺼번에 처리한다. 셋째, 남의 도움을 적극적으로 받는다. 청소는 주말에 가족과 함께, 장보기는 인터넷쇼핑으로, 식사는 잘 만든 HMR 제품이나 믿을 만한 반찬가게를 적당히 이용한다.

그렇게 해도 주중에 자꾸 내 신경을 잡아끄는 것은 집안 청소다. 집에 머무는 시간이 많으니 겨울에도 자주 창문을 열어 환기를 시키는데, 창문을 열어놓는 만큼 집안에 먼지가 많이 쌓인다. 햇살 좋은 아침, 커피 한 잔

들고 책상에 앉으면, 책상 위에 소복이 쌓인 먼지가 햇살을 받아 올올이 모습을 드러낸다. 전 같으면 커피 잔 내려놓고 청소를 시작했겠지만, 물티슈 한 장 톡 뽑아서 책상 위만 쓱 문지르고, 무심한 척 노트북을 연다.

청소를 미루는 결단. 이것만으로도 장족의 발전이다. 그래도 마음이 찝찝해서 일을 빨리 끝내는 날이면 청소기만이라도 돌리려 애쓴다. 집에 드나드는 손님이 많지 않고, 물건을 늘어놓는 가족이 없기에 가능한 일이다.

청소는 시간과 노력이 많이 들고, 정리는 한번 손을 봐놓고 한동안 지낼 수 있으니 난 효율 면에서 청소보다 정리에 신경을 쓴다. 하루 종일 손에 걸레를 쥐고, 살림살이가 반짝반짝하게 윤을 내는 엄마들의 눈에는 정말 게으른 사람으로 보이겠지만.

선택의 문제라고 본다. 살림이 즐겁고, 그걸 해야 행복한 사람이 있다. 그런 분들 집에 가면 집안 전체가 윤이 나면서 따뜻하고 고소한 향기가 감돈다. 나는 그쪽은 아니다. 살림을 하는 즐거움보다는 유익한 생활문화 정보를 찾아내고, 글을 쓰는 일이 더 즐겁다. 살림 잘 하는 사람들 따라가려고 노력해봤자 내 몸만 피곤하다. 두 마리 토끼를 다 잡으려 하다 보면 얻는 것은 스트레스뿐이다. 하나를 과감히 포기해야 다른 하나에 집중할 수 있다. 이것도 세월의 밥을 많이 먹고서야 얻게 된 교훈이다. 요즘은 부부와 가족이 집안일을 함께하니 살림을 종류별로 나눠서 각각 더 잘하는 사람이 하면 된다.

우아한 할머니가
되고 싶어

늙어가는 사람만큼

인생을 사랑하는 사람은 없다.

-소포클레스

⌢

내 이름을
불러줘

⌣

이름은 내게 다가가는 첫 번째 열쇠.

녹슬지 않게 자주 불러줘야 한다.

"'국민 여동생'에서 이제 '대체 불가 아티스트'로 자리 잡은 아이유가 부릅니다. 〈너랑 나〉"

라디오에서 귀에 익은 노래가 흘러나온다. 흥얼흥얼 따라 부르다 한 소절에서 마음이 멈췄다.

네가 있을 미래에서

혹시 내가 헤맨다면

너를 알아볼 수 있게

내 이름을 불러줘

반복되는 구절 속에서 어렴풋이 어릴 적 기억이 되살아났다. 밖에서 아이들과 어울리다가 석양이 길게 늘어지면서 집집마다 밥 짓는 냄새가 흘러나오고, "영희야, 들어와. 밥 먹자", "철수야, 그만 놀고 들어와" 소리에

한 명 한 명 집으로 들어가던 그 뉘엿거리던 시간. 나도 모르게 "혜연아, 들어와" 소리가 애타게 기다려지던 시간. 각자의 이름이 불릴 때마다 영화 〈사운드 오브 뮤직 Sound of Music〉에서 '소 롱, 페어웰So long, Farewell'을 부르던 아이들처럼 한 명씩 빨려들 듯 집으로 들어가던 시간. "혜연아~."

딸이라고 허투루 짓지 않아서 너무 흔하지도, 놀림거리로 삼지도 않을 예쁜 이름을 지어준 부모님께 늘 고맙다. 덕분에 나는 이름 바꿀 고민하지 않고 평생 이름을 지켰다. 먼 동네로 시집간 옆집 언니는 '수원 댁'이 되었고, 외국인과 결혼한 친구는 '김미경'에서 '미경 스티브'로 성이 바뀌었고, 약사 친구는 '건강약국 약사님'이 되었고, 아이를 낳은 친구들은 자연스럽게 '누구 엄마'가 되었다.

첫 직장에서 내 이름이 박힌 명함을 받았을 때의 뿌듯함이 아직도 느껴진다. 명함 위의 이름은 그대로 직장 이름과 이름 앞의 직함이 바뀌면서 시간이 흘러 내 손에는 열 장의 명함이 남아 있다. '지영이 엄마'로 불리는 것도 기분 좋은 일이었지만 '신혜연 기자, 신혜연 편집장, 신혜연 디렉터, 신혜연 대표', 그렇게 불려 고마웠다.

일을 놓지 않아서 그런 것도 있지만 내가 노력한 것도 있다. 일하며 만난 분들에게는 당연히 또 아이 친구 엄마들을 만나도 내 이름을 먼저 밝혔다. 아이 키우며 한동안 이름을 잊고 지냈다며 아이 이름으로 부르라는 분들에게 굳이 본인 이름을 캐묻곤 했다. '내가 그의 이름을 불러주었을 때 그는 나에게로 와서 꽃이 되었다'는 김춘수 시인의 〈꽃〉을 인용해가며 '내 이름'을 자주 사용하자고 했다. 이름은 그냥 가나다로 이뤄진 단어가 아니라 내가 누구인지를 표현할 때 가장 중요한 열쇠이기에 녹슬지 않게 자주 사용해야 한다고. 그러려면 우선 나부터 자주 사용해야 한다고.

그런 생각으로 실명의 의무가 없는 SNS에서도 기꺼이 별명보다는 내 실명을 사용했다. 덕분에 SNS에서 알게 된 분을 처음 만나도 내게 '별꽃님'이나 '앨리스님' 하고 부르는 사람은 없다. 공개적 SNS에서 실명을 쓰는 건 개인정보 보호에 좋지 않으니 별명을 쓰라는 조언을 듣고 내 이름이 바로 연상되는 단어 정도로 바꾸긴 했지만 폐쇄적 SNS에서는 여전히 내 실명을 쓰고 있다.

선물할 때도 이름을 새겨주는 것을 좋아한다. 대학에 입학했을 때 내 이름이 새겨진 만년필을 선물 받았을 때 느낀 감동이 여전히 기억난다. 선물과 답례문화가 상례화되어 있는 일본만 해도 선물용품만 따로 판매하는 곳이 많은데 이런 곳에는 꼭 이름 새기는 곳이 있다. 도쿄역 앞 키테의 손수건 매장과 긴자의 무지 매장에도 이름과 무늬를 수놓는 코너가 있다.

해외 명품 브랜드인 에르메스나 루이비통, 구찌 등에서는 여전히 백이나 지갑을 살 때 이니셜 각인 서비스를 하고 있어 선물할 때 요청하면 해준다. 티파니나 까르띠에, 반클리프앤아펠, 샤넬 등 주얼리 브랜드에서도 인그레이빙 서비스를 유료로 하고 있고, 교보문고 핫트랙스에서도 고급 필기구를 구입하면 무료로 각인 서비스를 해준다. 디올이나 입생로랑 뷰티에서도 립스틱 케이스에 나만의 이니셜을 새기는 서비스를 하고 있다.

또 〈섹스 앤 더 시티Sex and the City〉에서 사라 제시카 파커가 하고 나와 폭발적 인기를 모았던 이니셜 목걸이와 귀걸이는 웬만한 브랜드에서는 쉽게 구할 수 있는 아이템이 되었다. 나에게도 계동 언덕길 공방에서 망치로 은판 위에 내 이니셜을 새겨 만든 은 귀걸이가 있다. 내 이름이 새겨진 필기구와 수첩, 손수건을 쓰다 보면 내 것이라는 소장 확신과 함께 마치 '나의 분신' 같은 느낌이 들어 다른 물건보다 아끼게 되고, 자주 사용하게 된다.

지금보다 더 나이든 뒤에도 '아름이 할머니'보다는 '혜연 할머니'로 불리고 싶다. 쿨하게 "혜연!" 그렇게 불러주면 더 좋겠지. 나이 들었다고 존댓말을 하도록 은근히 강요하는 그런 어른이긴 싫으니까. 아무튼 잊지 말자. 이름도 자주 불러야 녹슬지 않는다.

一

아직 할머니는
아니지만

⌣

그레이스처럼 우아하게, 프랭키처럼

자유롭게.

스트리밍 플랫폼의 강자, 넷플릭스를 가끔 본다. 처음엔 양질의 다큐멘터리를 아무 때나 볼 수 있어서 들어가기 시작했는데, 몇 번의 검색으로 똑똑한 알고리즘이 나를 분석해버려서 추천해주는 콘텐츠를 또박또박 받아보다가 이제는 넷플릭스의 바다에 푹 빠져버렸다.

가장 심한 것은 미드 중독이다. 아슬아슬한 부분에서 끝이 나곤 해서 '오늘 할 일은 내일로 미루자'면서 하던 일 제쳐놓고 리모컨 버튼을 누르다 보면 하루가 훌쩍 지나가버린다. 몇 번을 이러다가 안 되겠기에 마음을 굳게 다잡고 '하루에 두 편 이상 보지 않기'를 지키고 있는데, 이 약속을 지키기에 딱 좋은 미드를 발견했다. 제목은 〈그레이스 앤 프랭키Grace & Frankie〉.

그 유명한 제인 폰다Jane Fonda 사진을 보고 클릭해 들어갔는데, 80세가 넘은 제인 폰다가 아름답고도 당당한 모습으로 건재함을 보여주고 있었고, 함께 나오는 릴리 톰린Lily Tomlin은 진짜 히피스럽고 진정 자유로움의 화신 이었다. '이 할머니들, 멋지네' 하면서 보기 시작했는데, 다소 막장드라마 콘셉트이긴 하지만 캐릭터 중 누구 하 나 악한 사람이 없고, 다들 개성을 한껏 발휘하는 드라 마여서 한동안 재미있게 보았다.

2015년부터 넷플릭스에서 방영된 미국 코미디 시리 즈인 〈그레이스 앤 프랭키〉는 전형적 미국 상류층 할머 니 그레이스(제인 폰다 분)와 자유로운 영혼 프랭키(릴린 톰린 분)의 남편들이 오랫동안 사귀어 온 게이 커플임을 공개하고 같이 살겠다고 선언한 이후, 혼자 남게 된 그 레이스와 프랭키가 한 집에 살게 되면서 벌어지는 에피 소드를 다룬 드라마다.

70세가 넘은 나이에도 핑크색 슈트에 블로 드라이로 단정한 샤넬 룩을 고수하는 깔끔한 그레이스와 홀치기 염 무늬의 천연 소재 펑퍼짐한 옷에 집시처럼 치렁치렁 한 액세서리를 걸치고 스머지 스틱과 향을 피워 주술을 외우는 프랭키는 누가 봐도 한 공간에 있기 힘든 정반대의 캐릭터.

시즌1부터 7까지 칠십 대 노년층의 일상을 섬세하게 관찰해 주제를 끌어내고 코믹한 터치로 시종일관 따뜻하고 즐거운 분위기를 유지한다. 게이 커플의 황혼 커밍아웃, 새로운 형태의 가족, 노년층의 건강, 노년 창업, 일상을 바꾸는 사회운동 그리고 노년의 사랑 등을 담담하게 다룬다.

허리가 아파서 못 일어나고 바닥에 누워 한나절을 보내거나 볼일을 보다가 갑자기 변기에서 일어나지 못하는 상황, 자위기구를 쓰다가 손목 관절에 무리가 가는 상황, 치매가 걱정이 되어 잠 못 이루는 상황 등 70세가 되어보지 못해 미처 몰랐던 몸의 변화, 그로 인한 정신적 혼란 등을 짐작할 수 있게 하는 이야기들은 캐릭터에 대한 꼼꼼한 리서치가 없었다면 표현할 수 없었을 것이다.

무엇보다 이런 힘든 상황들에 대처하는 주인공들의 태도이다. 자위기구를 쓰다가 손목에 무리가 오자 노년

층을 위한 전동 바이브레이터를 개발해 널리 알리기 위해 회사를 창업하는 그레이스. 도로 건너편의 뷔페식당에 가려는 노년층에게 상대적으로 짧은 보행자 신호를 바꾸기 위해 사람들과 연계해 신호를 개선해내는 프랭키. 변호사였지만 연극배우로 다시 서기 위해 부단히 노력하는 로버트(마틴 쉰Martin Sheen 분) 등. 이들은 70세의 몸이지만 17세의 열정과 47세의 노련함으로 느릿하게 흘러가는 인생의 시간을 스스로 훅 잡아당겨 적당한 긴장감을 유지하며 하루하루를 의미 있게 보낸다.

드라마를 보는 내내 '나는 저 나이에 저렇게 건강할 수 있을까? 몸과 마음 모두 저렇게 씩씩할 수 있을까?'라는 의문이 계속 올라온다. 한국도 아닌 미국 드라마의 캐릭터인데 수시로 공감의 문장들이 등장한다. "걱정은 파이처럼 나누는 거야. 너 한 조각, 나 한 조각" 같은. 특히 나이가 들수록 남에게 폐를 끼치지 말고 살겠다고 생각했는데, 되돌아보니 문제가 생겼을 때 혼자 해결하려고 발버둥치다가 오히려 일을 더 복잡하고 힘들게 만드는 경우가 많았다. 혼자 끙끙대기보다 가족

친구와 함께 나눠야 해결된다는 이야기를 듣고 보니 그렇기도 하다.

두 배우를 보면서 그분들이 '할머니'임을 자꾸 잊게 된다. 뛰어난 미모도 한몫하겠지만 그보다는 캐릭터가 주는 매력 덕분이다. 투덜거리고, 잔소리를 하지만 그것에 연연하지는 않는다. 앞을 가로막는 불편함에 지지 않고, 어떤 방법으로든 개선하려는 의지가 활활 불타오른다. 덕분에 매일이 생기 있고, 다이내믹하다. 이런 할머니라면, 나도 얼른 할머니가 되고 싶다.

⌒

잊고 지낸 친구가
생각날 때

⌒

7년 단위로 친구 중 50퍼센트가 바뀐
다. 친구를 새로 사귀는 것도 중요하지
만 오래된 친구와 잘 지내는 게 더 중요
하다.

알랭 드 보통Alain de Botton이 런던에서 시작한 인생학교의 서울 분교에서 3년간 강의를 했다. 일 년 반은 '좋은 친구가 되는 법', 다음 일 년 반은 '문화를 일상에서 누리는 법'이었다. 회사를 그만두고 몇 달 후에 학교 후배인 손미나 대표의 요청으로 강의를 시작했는데, 매번 수업을 하면서 느낀 건 가르치는 내가 더 많이 배운다는 거였다. '친구' 강의를 하는 날은 내 친구들 생각이 많이 나서 문자도 보내고, 약속을 잡아서 만나기도 하면서 친구의 소중함을 더 많이 느끼게 되었다.

서두에 취업과 결혼, 육아를 핑계로 순수했던 시절의 친구들을 많이 잃어버린 이야기, 명함이 바뀔 때마다 태도가 달라졌던 친구들 이야기, 그리고 이제 정말 친구가 중요한 나이가 되어버린 내 이야기를 하고 시작했다.

우정이 왜 중요한지, 우정에는 어떤 철학이 담겨 있

는지를 이야기하고, 각자의 친구를 생각해보는 시간을 가진 뒤 우정에 따르는 긍정과 부정적 영향에 대한 이야기 등을 나눴다. '하늘이 맺어준 인연이 가족이라면 친구는 내가 선택한 가족'이라는 헨리 데이비드 소로의 말을 자주 인용했다. 정말 그러니까.

인류학자들의 연구 결과, 우리 뇌에서 수용할 수 있는 사람의 최대 인원이 약 150명 정도라는 데 모두가 놀랐고, '친구를 고르는 것보다 친구를 바꾸는 데 더 신중해야 한다'는 벤자민 프랭클린Benjamin Franklin의 말에 다 같이 고개를 끄덕이던 모습들이 그 후로도 오랫동안 기억에 남아 있다.

초등학교 1학년 입학식 다음 날 같이 손잡고 학교에 갔던 친구와는 지금까지도 가끔 연락을 하고, 얼굴 보며 지내지만 학창시절의 친구들은 대부분 소원해졌다. 남자들도 그렇겠지만 여자들은 취업과 결혼, 출산과 육아의 터널을 거치며 친구가 많이 바뀐다.

취직을 하면 직장에서 매일 만나게 되는 동료와 친해지고, 결혼하고 아이 낳아 키우다 보면 아이 친구의 엄마들과 친구가 된다. 학창시절에 아무리 친했어도 일단 아이를 낳으면 인생의 축이 아이 중심으로 돌아가기 때문에 여전히 싱글인 친구의 연애나 해외여행 이야기에 공감하기는 쉽지 않다. 7년 단위로 친구 중 50퍼센트가 바뀐다는 사회학 연구 결과가 있듯이 친구는 계속 바뀐다.

학창시절 친구, 일을 하면서 알게 된 친구, 아이를 키우면서 친해진 친구, 여행을 가서 사귄 친구, 수영을 하면서 친해진 친구, SNS를 통해 취향이 비슷해서 통하는 친구 등 우리 옆에는 다양한 친구가 있다. 친구라는 단어에 더 이상 나이는 중요하지 않다. 중요한 것은 귀하게 얻은 '친구'의 인연을 어떻게 잘 이어갈 것인가이다.

유인경 선배의 《기쁨채집》을 읽다가 채집한 이야기 하나. '젊은 며느리에게 포장이 꼼꼼하게 된 소포가 왔다. 가위를 찾아 포장된 끈을 자르려고 하자 시어머니가 말렸다. "얘야. 끈은 자르는 게 아니라 푸는 거란다." 며느리는 포장 끈 매듭을 푸느라 한동안 끙끙거리며 가위로 자르면 편한데 별걸 다 간섭한다고 속으로 구시렁거리면서도 결국 매듭을 풀었다. 다 풀고 나자 시어머니는 "잘라버렸으면 쓰레기가 되었을 텐데 예쁜 끈이니 나중에 다시 써먹을 수 있겠구나. 매듭만이 아니라 인연도 잘라내기보다 푸는 습관을 들여야 해" 하면서 끈을 챙기셨다.'

예전에 오랫동안 사귀었던 친구들 중에 금전적 문제나 성격상의 문제로 서로 등을 돌린 친구들이 있다. 산전수전 다 겪었다고 자부하던 당사자들도 친구와의 이별은 쉬운 일이 아니었고, 그후로 오랫동안 가슴앓이를 했다.

문제는 둘만의 것이 아니어서 나 역시 어느 편에 설 것을 은근히 강요받는 상황이 되었고, 어쩔 수 없는 선택을 할 수밖에 없었다. 누가 유난히 나빠서 친구를 잃는 것이 아니라는 것이다. 앞서 인용한 시어머니의 매듭 이야기를 더 일찍 알았더라면 현명하게 대처할 수 있었을까?

친구 수업을 하면서 먼저 떠오른 것은 이렇게 관계가 멀어지거나 끊어진 친구들이었다. 인생의 황금기를 함께 지내며 울고 웃었던 친구들. 이제 내가 그 친구들에게 말을 건넬 때가 된 걸 알겠다.

⌒

나이는
벼슬이 아니다

⌣

몸이 먹은 나이를 앞세워 위세를 부리
고, 심지어 '빠른'까지 붙여가며 우위를
점하려 하는 거, 참 촌스럽지 않은가?

'나는 최근 한국에 다녀오는 길에 나와 나이가 얼추 비슷해 보이는 한국 남자 옆에 앉았다. 비행기가 이륙한 지 10분 정도 지나자 그는 내 나이를 물으면서 말문을 텄다. 우리가 정확히 같은 나이라는 것이 밝혀지자 그는 내 연간 수입이 얼마인지 물었다. 내가 대답하자 그는 따뜻한 미소를 지으면서 이렇게만 말했다. "뭐 둘 다 비슷하네요." 아마 그가 나보다 수입이 훨씬 높은 모양이었다. 그래서인지 그는 이후 나와 대화하면서 더 편안하게 느낀 듯했다.'

미국의 사회심리학자인 제임스 W. 페니베이커가 쓴 《단어의 사생활》에 나오는 이야기다. 사람들이 사회적 권력에 따라 어떤 단어를 주로 사용하는지 연구한 내용을 설명하던 중 한국에서는 사회적 서열을 판단하는 가장 결정적인 요인 중 하나가 나이, 재산 순서라는 걸 설명하려고 개인적 경험을 쓴 것이다.

책을 읽다가 이 부분에서 내 얼굴이 후끈 달아올랐다. 너무 부끄러웠다. 글에 나오는 '한국 남자'가 부끄럽기도 했지만 나 역시 그런 식으로 대화를 시작했던 오래전 경험이 떠올라서다. 누구를 만나면 먼저 나이를 묻고, 결혼은 했는지, 결혼했으면 아이는 몇을 두었는지, 어디 사는지, 학부 전공은 뭔지를 차곡차곡 묻고, 나 역시 이 질문들의 답을 함께해가며 호구조사가 끝나면 그때부터 이야기를 시작했다.

나쁜 의도는 아니었다. 이 사람이 어떤 사람인지를 알면 공통의 대화 주제를 찾기도 쉽고, 이 사람과 어느 정도 친해야겠다는 수준을 정할 수 있으니 나름 효율적이라 생각했다. 내 선배들이 그리 하는 걸 보며 자랐고, 내 동료들도 그리 했으니.

1990년대 후반 어느 날, 외국 유학에서 막 돌아온 후배가 친구를 데려와 소개하는 자리에서 내가 그리 하는 걸 본 후배는 나중에 나에게 조용히 조언을 해주었다.

"전에는 저도 그랬어요. 막상 외국 생활을 해보니 우

리와 다르게 서양 사람들에게는 사적 영역이라는 게 확실해요. 첫 만남에서 그렇게 개인적인 질문을 해대는 건 마치 수사관이 취조하는 것과 다르지 않아요. 그들은 만나면 상대가 누구든 간에 요즘 관심사가 뭔지, 자기는 여가시간을 어떻게 보내는지, 그런 걸 물으면서 인격과 인격의 접점을 찾아가요. 우리처럼 나이랑 결혼 여부부터 묻지 않아요. 그게 무조건 좋다는 건 아니지만 대인관계를 더 세련되게 만들려면 한 번쯤 생각해볼 문제인 것 같아요."

그 후배의 조언은 나에게 많은 생각을 하게 했다. 어딜 가도, 누굴 만나도 다들 그렇게 말문을 터왔는데, 살짝 옆에 비켜서서 되짚어보니 이보다 촌스러울 수가 없었다. 나이, 결혼, 학교 그 모든 스펙에 얽매여 옴짝달싹 못하고 있는, 다시 그 고리를 사방으로 퍼뜨리는 내 모습이 떠올랐다. 그후로 난 최대한 호구조사를 안 하려고 노력해서 조금씩 변해왔다. 이제는 누굴 만나면 먼저 내 이름을 밝히고, 그의 이름을 묻고, 그 자리에서 공동 화젯거리를 찾아서 이야기를 시작한다.

다른 건 차치하고, 나는 처음 만나는 사람에게 왜 다짜고짜 나이부터 물었던 것일까? 내가 상대보다 나이가 많으면 고압적으로 대하려고? 나이가 벼슬이라서? 그건 아니었다. 나이를 먼저 물었던 건 우리말에는 존대법이 있어서 내가 그 사람에게 존댓말을 써야 하는지, 반말을 써도 되는지를 확인하려는 것이었다고 변명하고 싶지만 나이가 적으면 처음 만난 사람이라도 반말 써도 된다는 법은 어디에도 없으니 그건 핑계에 불과하다.

삼강오륜의 '장유유서長幼有序'라는 생활 강령에 따라 '경로자 우대'가 어린 시절부터 몸에 밴 나에게는 나이를 먹었다는 것이 어떤 의미로든 살아온 경험이 많으니 그 숫자만큼 존경받을 가치가 있다는 뜻이었다. 하지만 개개인의 삶의 굴곡이 다른데, 나이 하나로 모든 걸 평정하는 건 바람직하지 않다. 심지어 나이를 내세워 위압을 행세할 근거는 어디에도 없다.

요즘도 TV를 보거나 사람들 모인 곳에 가면 나이를 물어서 한 살 차이가 나도, 심지어 '빠른 00년생'이라는 말까지 들먹여서 '형' 또는 '언니'를 정하고 시작하는 장면을 자주 보게 된다. 개구리 올챙이 적 생각 못한다고 우리 사회는 언제까지 '나이'로 사회적 관계를 옭아매 놓고 살 것인지 심히 걱정이 된다.

⌒

칭찬은
어른이 할 일

⌣

칭찬을 할 때는 '예쁘다', '착하다' 등의
추상적인 말보다는 구체적인 행동에 대
한 칭찬을 한껏 쏟아주자.

칭찬을 싫어하는 사람은 없다. 심지어 고래도 춤추게 한다지 않는가? 《칭찬은 고래도 춤추게 한다》는 제목의 책 저자인 켄 블랜차드Ken Blanchard 교수는 범고래 조련에서 칭찬의 효과를 증명해냈고, 하버드대의 로버트 로젠탈Robert Rosenthal 교수는 선생님의 칭찬을 많이 받은 학생들의 지능지수와 성적이 실제로 높아졌다는 '로젠탈 효과'를 발표하기도 했다.

그러고 보니 나도 고래였다. 중학교 때 국어선생님이 내주신 독후감 숙제를 해갔는데, 선생님께서 잘 썼다고 칭찬하시면서 이 독후감을 지역 신문사에 보내셨다. 신문의 문학 면에 커다랗게 실린 내 독후감을 보고, 부모님과 친구들은 내가 글쓰기에 소질이 있다며 나를 부추겼다. 고래는 춤을 추기 시작해서 그 후로 나는 국문과에 가서 글을 더 잘 쓰는 공부를 하고 싶다는 희망을 갖게 되었고, 글을 아주 잘 쓰게 되지는 않았지만 어쨌든 국문과를 졸업했다.

칭찬의 긍정적 효과를 경험한 어른으로서 사람들을 만나면 처음부터 뭐든 칭찬할 거리를 찾는다. '오늘은 평소보다 더 젊어 보인다'거나 '스카프가 잘 어울린다'거나 '전에 있었던 일이 잘된 것은 당신 덕분'이라든가 등의 너무 지나치지 않으면서 분위기를 부드럽게 만들기 위해 칭찬이란 도구를 아낌없이 사용한다. 어떤 업무적 성과를 위해서가 아니고, 사람과의 관계를 깊게 하려고 개인적이고, 구체적 관심을 표현하는 것이다. 그러니 칭찬은 거짓된 마음으로는 할 수가 없기에 맘이 내키지 않을 때는 티끌만큼의 칭찬도 안 나온다.

나이 들어 그런 거라는데 내 넘치는 칭찬 욕구는 아이들을 볼 때 더 끓어올랐다. 내 아이가 다 커서 어린 시절을 되돌릴 수 없음을 알게 되니 온 동네 아이들이 다 귀엽고 사랑스럽다. 엘리베이터나 공원에서 아이들을 만나도 "아유, 예뻐라", "오, 착해라" 하면서 나름 칭찬의 말을 던지고, 나이는 몇 살인지, 이름은 뭔지 물으며 내 마음을 한껏 표현했다. 어떤 아이들은 그 칭찬에 밝게 답을 했고, 어떤 아이들은 칭찬에도 몸을 배배 꼬면서 엄마 뒤로 숨어버리곤 했다. 그래도 진심으로 칭찬해줬으니 아이한테 좋은 일 한 거라고 내심 뿌듯했다.

우연히 존 가트맨John Gottman의 《내 아이를 위한 사랑의 기술》을 비롯해 아동 심리학 연구자들의 연구 결과를 보면서 그런 의미 없고 추상적이며 외모 지상주의적 칭찬이 아이들에겐 오히려 독이 될 수 있다는 걸 알고 그 후론 아이들에게 한 마디 건넬 때도 신중해졌다. '얼굴이 예쁘다'는 말을 반복해서 듣다 보면 아이가 자기도 모르게 외모에 편향적 관심을 갖게 된다는 것. 그러니 외모에 대한 추상적 칭찬보다는 "빈 음료수병을 재활용통에 버리니 환경을 보호하는 어린이구나", "동생을 잘 돌봐주는 멋진 형이네", "머리를 직접 묶었구나. 더 단정해 보이네" 그런 식으로 아이가 실제로 한 구체적 행동에 대한 칭찬이 도움이 된다는 걸 알게 되었다.

좋은 마음으로 칭찬을 했을 뿐인데, 이런 의도치 않은 결과를 가져올 수도 있다고 하니 이제는 칭찬을 건

네는 게 어렵다. 이렇게 말하면 저런 결과가 나올 수도 있고, 저렇게 말하면 그런 결과를 야기할 수도 있고. 아, 어렵다. 어렵지만 이 세상 아이들이 모두 고래처럼 춤출 수 있다면 노력을 기울여서 칭찬거리를 찾아내야 한다. 그게 어른의 할 일이다.

⌒

젊은 노인,
올드

⌣

나이보다 젊어 보이는 분들은 대부분

하루를 빼곡하니 채우며 부지런히 산다.

수영장에서는 수영 배우느라 정신이 없기도 하고, 그런 식으로 통성명을 하지도 않아서 몰랐는데, 우연히 한 분의 나이가 72세라는 걸 알고 화들짝 놀랐다. 눈을 씻고 봐도 내 눈에는 육십 대 초반 정도로 보이는 분이었다. 평소에 부지런히 몸을 움직이는 편이라 그런지 날씬하고, 얼굴에 주름도 별로 없으셔서 칠십 대라는 게 믿어지지 않았다.

다른 분들도 내 눈에는 나와 두어 살 차이 정도로 보이는데, 유치원에 간 손주 사진 보여주실 때마다 깜짝깜짝 놀란다. 다들 나이 관계없이 친구처럼 편하게 지내다가 언젠가 한번 앉아서 따져보니 나의 수영장 친구들 평균 연령은 62세쯤 된다. 대부분 언니 오빠이고, 함께 차 마시러 가면 오십 대 후반인 내가 막내일 때가 많은데 늘 존댓말로 대하고, 같이 커피 나르고, 같이 컵을 챙긴다.

　다들 나보다 수영 잘하고, 수영 외에도 다른 취미 두어 개씩 갖고 배우러 다니고, 성당이나 교회 봉사활동도 열심히 하며 바쁜 일상을 산다. 부지런히 걸어가는 언니들 뒷모습을 보면 허리도 꼿꼿하고 그냥 사십 대로 보인다. 어린 시절에 옆집 할머니는 꼬부라진 허리를 지팡이에 의지하고 이 빠진 입을 가리며 홍홍홍 웃으셨는데 그 할머니와 언니들은 같은 나이인데 30년은 젊은 모습으로 생활한다.

　요즘 어딜 가도 그렇다. 내 눈에 삼십 대로 보이는 사람은 알고 보면 사십 대이고, 사십 대로 보이면 오십 대이다. 나이로 드는 생리연령biological age과 자신이 믿는 주관연령subjective age이 다르다는 말도 있지만 다들 나이보다 젊어 보이고, 젊게 산다. 이전 세대에 비해 몸보다 기계로 해결하는 일이 늘어나 육체노동이 줄기도 했고, 경제적으로 풍요로워지면서 영양 상태가 좋아졌고, 자신의 외모에 투자를 아끼지 않는 덕도 있을 것이다.

　경북 칠곡군의 할머니들은 70세 넘어 한글을 배워 시

를 써서 세 권의 시집을 냈고, 영화에도 출연했고, 그분들 글씨가 '할매폰트'로 서체까지 만들어졌다. 영국의 화가 로즈 와일리Rose Wylie는 45세에 RCARoyal College of Arts에 들어가 다시 그림을 그리기 시작해 70세에 세상에 이름을 알렸다. 친한 후배가 50세에 BTS의 팬클럽인 '아미'에 가입하자 주변에서 '멋있다'는 반응과 '주책이야'라는 반응을 거의 동시에 받았다 한다. 나는 '멋있다'고 해주었다.

환갑잔치가 거의 사라진 것도 그렇다. 예전엔 환갑이면 동네가 떠들썩하게 잔치를 벌이고 온 세상 사람들의 축복을 받았지만 평균 수명이 백세를 코앞에 둔 요즘의 환갑은 마흔 살 생일과 별반 다르지 않다. 그저 배우자와 여행을 다녀오는 게 환갑이고, 팔순 정도는 되어야 잔치란 이름을 붙일 만하다.

일반적으로 65세부터 75세까지의 연령층은 나이로 보면 노인이지만 체력과 정신적 능력 등을 볼 때 아직 젊어서 노인으로 보기는 어렵다. 현대의 고령자들을 오팔OPAL(Old People with Active Life) 세대 또는 욜드yold (young old, 젊은 노인)라는 단어로 설명하기도 한다.

라디오에서 한 할머니가 "갓 태어난 손주가 백오십 살까지 살 수도 있다네요. 내 나이의 두 배나 살아야 한다는데 잘 살 수 있을까요?"라며 걱정하듯 말하는 광고가 있다. 제약회사 입장에서는 '오래 사는 일이 걱정이 아닌 기대가 되도록'이라는 내레이션으로 질병의 예방과 치료를 위한 의약품 개발에 매진하겠다고 주장하지만 이 광고를 들을 때마다 고령화 사회에 대한 불안감을 나만 느끼는 게 아님을 실감한다. 이미 90세는 너끈히 살 것 같은 징후가 사회 곳곳에서 보이니 이제는 얼마나 더 사는 것보다 어떻게 더 사느냐가 중요하다.

⌒

봉사하며
사는 삶

⌣

취미활동을 한 그룹보다 봉사활동을 한

그룹이 행복감을 더 크게 느꼈다.

회사를 그만둘 때만 해도 나는 세상 다 산 사람의 포스였다. 앞으로 뭐 할 거냐는 물음에 엄청 여유 잡으며 "이제 뭘 또 하겠어요. 자원봉사하며 살려구요" 하면서 느긋해 보이는 미소를 흘렸다.

석 달쯤 지나서 몸이 배배 꼬이기 시작하던 차에 지인들의 '급하다'는 말은 나에게 구조 신호처럼 느껴졌다. 기다렸다는 듯이 달려 나가 다시 일을 했다. 견적이고 뭐고 없이 그냥 일을 했다. 아직도 나는 일이 고팠던 것이다. 그 후 자원봉사는 아예 잊고 사업자등록증을 내고 개인사업자로 글도 쓰고, 편집 일도 하고 있다.

몇 년 더 하다 기운 빠지면 자원봉사 할 거라고 혼자 마음을 다지다가 우연히 지하철역에 붙어 있는 '사랑의 편지'를 보았다. 고신대학교 손봉호 교수가 쓴 글인데, 영국 BBC에서 은퇴자 129명을 두 그룹으로 나누어 실험을 했다. 한 그룹은 주 3회 봉사활동을 하도록 하고, 다른 그룹은 같은 기간 취미활동으로 하도록 한 뒤, 그들의 신체적 변화를 추적했다. 검사 결과 취미활동을 한 그룹보다 봉사활동을 한 그룹의 뇌 활동량이 증가하면서 행복감을 더 크게 느꼈다는 것이다.

영국에는 16만 개의 자선단체와 2만 개의 유사단체를 통해 160만 명의 영국인이 봉사활동을 한다. 의회민주주의의 나라답게 정당에 가입해 사회 참여적인 봉사활동도 많다. 노인대학 형태의 민간단체를 통해 서로 재능 기부로 가르쳐주고 배우는 활동도 많이 한다고 한다.

영국에서 유학 중이던 딸에게 갔다가 국제적 빈민구호단체 '옥스팜Oxfam'에 옷가지 기증할 방법을 물어보러 들렀던 적이 있다. 쉴 새 없이 사람들이 드나들며 물건을 가져오고, 그곳에서 자원봉사를 하는 모습을 보고 혀를 내둘렀던 기억이 떠올랐다.

어딘가에서 읽은 글인데, 간호사가 임종을 앞둔 환자들을 대상으로 '죽을 때 하는 후회'를 조사했더니 다음과 같은 이야기들이 나왔다고 한다.

- 내가 원하는 인생을 살지 못한 것

- 일만 하며 살아온 것

- 걱정을 많이 하며 산 것

- 친구와 우정을 나누며 살지 못한 것

- 내 스스로 행복하도록 허락할 수도 있었는데 그렇게 못한 것

이걸 보면서 내가 어떻게 살아왔는지 생각해보았다. 초등학교 때부터 걸스카우트 활동을 하면서 학교 앞 교통지도, 학교 주변 청소, 불우이웃돕기 모금활동 등 수시로 봉사활동을 해왔다. 고등학교 때는 친구들과 함께 매년 연말에 고아원을 방문해서 아이들과 시간을 보내기도 하고, 취업한 후에는 사회봉사 단체에 소액 기부를 꾸준히 해왔다.

몸이 바쁘니 직접 가서 봉사는 못했지만 블로그에 내가 경험한 것들을 열심히 올리고, 책을 내면서 세상에 도움이 되는 일을 하고 있다고 믿어왔다. 이제 개인사업자로 5년차가 되어 최소한의 일을 하니 시간적으로도

여유가 생기고, 뭔가 더 의미 있는 일을 해야 하는 건 아 닐까? 하는 마음이 불쑥불쑥 솟아오른다. 동생이 한 알 한 알 신심으로 기도하며 꿰어준 묵주를 만지면서 조용 히 생각에 잠긴다. 앞으로 삼십 년은 더 살아야 하는데, 하고 싶은 일만 하면서 살아도 시간이 남을 텐데. 조만 간 진짜 봉사활동을 시작해야겠다.

나이 드는 것도
생각보다 꽤 괜찮습니다

1판 1쇄 인쇄 2021년 2월 16일
1판 1쇄 발행 2021년 2월 26일

지은이 신혜연
펴낸이 김성구

주간 이동은
콘텐츠본부 고혁 현미나 송은하 김초록
디자인 이영민
제작 신태섭
마케팅본부 최윤호 나길훈 이서윤
관리 노신영

펴낸곳 (주)샘터사
등록 2001년 10월 15일 제1-2923호
주소 서울시 종로구 창경궁로35길 26 2층 (03076)
전화 02-763-8965(콘텐츠본부) 02-763-8966(마케팅본부)
팩스 02-3672-1873 | 이메일 book@isamtoh.com | 홈페이지 www.isamtoh.com

ISBN 978-89-464-7356-0 03810

값은 뒤표지에 있습니다.
잘못 만들어진 책은 구입처에서 교환해 드립니다.

샘터 1% 나눔실천

샘터는 모든 책 인세의 1%를 '샘물통장' 기금으로 조성하여 매년 소외된 이웃에게 기부하고 있습니다.
2020년까지 약 9,000만 원을 기부하였으며, 앞으로도 샘터는 책을 통해 1% 나눔실천을 계속할 것입니다.